OETINGER TASCHENBUCH

D1869993

Gudrun Helgadottir wurde 1935 in Island geboren, wo sie unter vielen Geschwistern aufwuchs und von 1973 bis 1991 in der Politik arbeitete. In diesen Jahren schrieb sie aber auch viele Bücher. Einige davon wurden in elf Sprachen übersetzt, darunter das beliebteste Kinderbuch Islands *Flumbra – Eine isländische Trollgeschichte*. Gudrun Helgadottir ist die bekannteste Kinderbuchautorin ihres Landes und erhielt 1992 den Nordischen Kinderbuchpreis.

Gudrun Helgadottir

Blaubeeren und Vanilleeis

Aus dem Isländischen von
Anika Lüders-Wolff

Mit Illustrationen von
Leonard Erlbruch

Oetinger Taschenbuch

MIX
Papier aus verantwortungsvollen Quellen
FSC® C014496

Das für dieses Buch verwendete FSC®-zertifizierte Papier Danube liefert Salzer Papier, St. Pölten, Austria. Der FSC® ist eine nicht staatliche, gemeinnützige Organisation, die sich für eine ökologische und sozialverantwortliche Nutzung unserer Wälder einsetzt.

1. Auflage 2015
Oetinger Taschenbuch GmbH, Hamburg
März 2015

Originaltitel: *Bara gaman*
Published by agreement with Forlagid, www.forlagid.is

Aus dem Isländischen von Anika Lüders-Wolff
Titelbild und Illustrationen: Leonard Erlbruch
Druck: GGP Media GmbH, Pößneck
ISBN 978-3-8415-0343-5

www.oetinger-taschenbuch.de

Also Tumi findet, das ist so ...

Eigentlich wohnt Tumi nicht bloß in einem Haus, sondern in Häusern. Manchmal hat er sogar das Gefühl, mit seiner Familie ein ganzes Dorf zu bewohnen, und das findet er super. Es ist nämlich so: Die Häuser von Tumis Familie sind die einzigen in der ganzen Straße, die einen Namen haben. Sie heißen WALLHOF. Der Name steht allerdings nur auf einem der Häuser, nämlich dem alten Haus, in dem schon Tumis Urgroßeltern gelebt haben. Damals, als der Wallhof noch ein Bauernhof war. Jetzt wohnen Tumis Mama, er selbst und seine beiden Schwestern darin. Tumis Großeltern haben die alte Bauernhofschmiede in eine Wohnung umgebaut und da leben sie nun. Früher gab es auch noch einen Stall und eine Scheune. Dort ist nun Mamas Werkstatt untergebracht.

In der Straße stehen nur Einfamilienhäuser. Keine Wohnblocks. Die Häuser sehen alle ziemlich ähnlich aus, und auch die Gärten. Sie sind wahnsinnig gepflegt. Und die Straße ist unheimlich ruhig. Denn eigentlich ist dort niemand zu Hause, solange die Kinder in der Schule sind. Nach Schulschluss hört man jedoch eine Tür nach der anderen knallen. Dann kommen die Kinder auf den Wallhof. Und stopfen dort alles in sich hinein, was sie in der Küche finden können – vor allem, wenn das Essen in der Schule nicht so besonders war. Ein ganzes Brot verschwindet wie Tau in der Sonne, als wären auch all die anderen Kinder Mamas Kinder. Den Käse versteckt sie immer, weil der so teuer ist. Dafür gibt es aber genügend Rhabarber- und Johannisbeermarmelade, denn im Garten wächst ein ganzer Wald aus Rhabarberstängeln und Johannisbeersträuchern. Mama, die eigentlich Solveig heißt, aber immer nur Lolla genannt wird, friert den Rhabarber und die Beeren im Herbst ein und kann dann jederzeit Marmelade daraus kochen. Sie ist nämlich richtig klug, Mama Lolla.

Irgendwie ist es einfacher, auf dem Wallhof zu sein als bei den anderen Kindern zu Hause. Irgendwie entspannter. Das findet zumindest Tumi. Bei schönem Wetter scheucht Mama sie einfach raus in den Garten, bei schlechtem Wetter runter in den Keller. Der Garten, das sind vor allem Wiese und Bäume. Große, alte Bäume, auf denen man toll klettern kann, eine recht ordentliche Schaukel und stattliche Fußballtore – langweilig wird es da nie. Aber das Beste von allem ist die Höhle in der Lava hinter den Häusern. Da, wo die Lavazunge endet, ist ein hoher Wall. Deswegen heißen die Häuser ja auch Wallhof. Genau genommen gibt es sogar zwei Höhlen. Die eine ist so riesengroß, dass ein ganzer Haufen Kinder darin Platz findet, wenn es zum Beispiel mal regnet oder schneit. Die andere ist kleiner und man kann alles Mögliche darin verstecken. Geheimnisse und so.

Irgendwie findet Tumi es schön, in einem Haus zu wohnen, das einen Namen hat. Die anderen Häuser haben nur Nummern, und wenn Tumis Haus nicht Wallhof hieße, dann wäre es bloß die Gartenstraße Nummer 7. Was ziemlich langweilig wäre, findet Tumi. Mama hat das kleinste Hausnummernschild gekauft, das sie auftreiben konnte. Sie musste nämlich ein Schild anbringen, damit die Postboten nicht völlig verwirrt sind, falls auf einem Brief mal nur Gartenstraße 7 steht.

Meist findet Tumi das Leben auf dem Wallhof gar nicht übel. Manchmal fühlt er sich wie der Herr im Hause, weil er der Älteste unter den Geschwistern ist: acht Jahre alt. Seine Schwester Vildis ist ein Jahr jünger, und Tumi findet, dass sie oft viel zu ernst ist. Geradezu besorgt. Tumi hat keine Ahnung, weshalb sie sich all diese Sorgen macht.

Oder doch – sie denkt ständig nur ans Sparen. Trauert jedem Bissen nach, den seine Freunde nach der Schule in der Küche verdrücken. Dabei ist Mama nicht besonders arm, oft bekommt sie sogar jede Menge Geld. Aber auch sie ist ein bisschen so wie Vildis, immer ganz sparsam. Vielleicht sind Frauen und Mädchen einfach so. Sorgen sich wegen allem.

Nur Vala nicht. Die ist richtig lustig. Vala ist vier Jahre alt und macht sich nie wegen irgendetwas Sorgen.

Das Einzige, weswegen Tumi sich ein bisschen sorgt, ist, dass Mama manchmal einsam ist, weil sie keinen Mann hat. Ihre Freunde sind allesamt Ehepaare, die immer etwas zusammen machen können, nur sie selbst geht selten aus. Weil sie niemanden hat, mit dem sie gehen könnte. Traurig ist sie deshalb eigentlich nur selten, meist ist sie sogar ziemlich fröhlich. Aber trotzdem – sie müsste einen Mann haben.

Und eigentlich hat Tumi den auch schon gefunden. Genau den richtigen Mann für Mama. Klar, am besten wäre es, wenn Mama und Papa wieder ein Ehepaar werden könnten, aber das ist unmöglich. Er ist mit Sigga verheiratet. Sigga, die immer etwas an ihm auszusetzen hat. Manchmal glaubt Tumi, dass Papa lieber wieder mit Mama verheiratet wäre, aber die tut das als Unsinn ab. »Er guckt dich aber oft so an«, hatte Tumi einmal gesagt. Mama wollte darauf nicht so richtig antworten. »Er hat sich halt für Sigga entschieden«, meinte sie nur.

Hoffentlich will Mama den anderen, denkt Tumi. Es würde Papa nur recht geschehen, wenn Mama einen neuen Mann bekäme. Aber erst muss sich natürlich noch zeigen, ob sie ihn überhaupt will.

… und Vildis findet alles anders

Manchmal findet Vildis ihren Bruder Tumi völlig verrückt. Er glaubt, dass er alles kann, nur weil er acht ist und sie erst sieben. Jetzt behauptet er sogar, einen Mann für Mama gefunden zu haben.

Als bräuchte Mama einen Mann! Die findet es völlig in Ordnung, nur Kinder zu haben. Mama ist meist froh und munter und rundum zufrieden. Besonders, wenn eine große Bestellung hereinkommt oder jemand Geschenke bei ihr kauft. Was sie manchmal allerdings braucht, ist Geld, wenn sie etwas Großes bezahlen muss. Und obwohl sie allein mit den Kindern ist, hat sie auch das noch jedes Mal geschafft. Viele Männer sind sowieso pleite. Das sagt Oma. Aber Tumi bleibt dabei, dass Mama einen Mann braucht und dass sie viel zu arm sind.

Und trotzdem findet er es völlig in Ordnung, wenn alle Kinder aus der Nachbarschaft nach der Schule auf den Wallhof kommen und alles wegessen. Die Meute stürmt nämlich jedes Mal die Küche und hinterher ist der Kühlschrank leer. Tumi begreift einfach nicht, dass Mama sparen muss, um alles bezahlen zu können, was bezahlt werden muss. Vildis versteckt den Käse und den Schinken immer, und auch den übrigen teuren Aufschnitt. Die Jungs bekommen nur Marmelade, damit müssen sie sich begnügen, selbst wenn ihnen von so viel Zucker irgendwann die Zähne ausfallen. Mama ist viel ärmer als die Eltern der anderen Kinder, die den ganzen Tag nur arbeiten. Manchmal sogar im Ausland, und dort verdienen sie bestimmt so richtig viel. Einmal hat Guffis Mutter für Mama sogar eine riesige Wurst nach Island geschmuggelt, was wirklich nett war. Da hatte Vildis auch sofort eine gute Idee: Sie schnitt einen Zipfel ab und versteckte den Rest. Dann sorgte sie dafür, dass Guffi ein paar Scheiben von der Wurst auf sein Brot bekam. Hauchdünn. Und die anderen dachten, es wäre nicht mehr da.

Vildis findet Tumi oft viel zu gleichgültig. Über Gelddinge macht er sich gar keine Gedanken, er genießt es einfach nur, die ganze Horde in die Küche einzuladen und sich aufzuführen, als würde er eine Party geben. Vildis bringt höchstens mal zwei Freundinnen mit nach Hause, er aber schleppt oft fünf oder sechs Jungs auf einmal an.

Und trotzdem: So im Großen und Ganzen ist Tumi schon in Ordnung und er kann sehr lustig sein. Oma sagt, dass er genau wie Opa ist. Und so lustig wie Opa findet Vildis sonst niemanden, obwohl er schon fünfzig und noch was geworden ist.

Auch Vildis hat das Haus sehr gern. Besser gesagt, die Häuser. Es ist grandios, Oma und Opa so nah zu haben. Am schönsten aber ist es, bei Mama in der Werkstatt zu sein, wenn sie arbeitet. Mama ist Töpferin und stellt lauter schöne Dinge her: Vasen, Schalen, Teller und noch eine ganze Menge mehr. Die Sachen werden in verschiedenen Läden und auch am Flughafen verkauft, und oft bekommt Mama ordentlich Geld dafür. Aber manchmal dauert es auch zu lange, bis es das nächste Mal Geld gibt. Deswegen sind sie oft pleite und Vildis macht sich Sorgen. Oma streicht ihr dann über den Kopf und sagt: »Wie geht es meinem tüchtigen Hausfräulein?«

Die kleine Vala ist natürlich auch bei Mama in der Werkstatt, wenn sie gerade nicht im Kindergarten ist, und dann passt Vildis auf sie auf. Vala darf nicht überall herumtapsen, weil sonst leicht etwas zu Bruch gehen kann. Meist sitzt Vala aber seelenruhig in einer Ecke und malt etwas oder knetet oder spielt mit Perlen und man hört kaum einen Mucks von ihr. Vildis darf ihrer Mama manchmal helfen, zum Beispiel wenn etwas in Papier gewickelt und in Kartons verpackt werden muss. Da muss man aufpassen und supervorsichtig sein. Aber Vildis ist ja ohnehin so ein vorsichtiger Mensch. Das sagt Mama. Von Tumi würde sie das wohl nie behaupten. Tumi – und vorsichtig? Nein.

Vildis weiß, dass Mama es manchmal langweilig findet, immer die gleichen Schalen und Teller und Kännchen zu töpfern, aber die verkaufen sich eben am besten. Deshalb hat sie keine andere Wahl. Vildis versteht gut, dass Mama viel lieber Figuren oder andere schöne Dinge töpfern und vielleicht auch mal ausstellen würde, doch dafür hat sie keine Zeit. Tumi sagt, dass bei Ausstellungen sowieso nie etwas verkauft wird.

Frodi, ein Freund von Mama, hatte mal eine Ausstellung, und es wurde nichts gekauft. Aber der malt ja auch Bilder von Frauen mit Augen, die aus dem Kopf quellen, und mit furchtbar großen Hintern und Pferde mit Kuhschwänzen und geschwollenen Eutern. Wer kauft denn bitte solche Bilder? Etwas so Merkwürdiges würde Mama nie töpfern. Es wäre toll, wenn sie irgendwann einmal eine Ausstellung haben könnte. Das würde Mama sicher glücklich machen.

Doch im Moment hat Vildis anderes im Kopf. Sie macht sich richtig Sorgen wegen Tumis Hirngespinsten. Diese Sache mit dem Mann, den er für Mama gefunden hat. Begonnen hat alles mit einem Kaffee, den Oma bei Mama in der Küche trank. Irgendwann fing sie an, vom neuen Leiter der Bankfiliale zu erzählen. »So ein charmanter Mann, der Hermann«, sagte sie. Und dann: »Der arme Junge.«

»Warum der Junge?«, fragte Mama erstaunt. »Ist der Mann nicht schon mindestens dreißig?«

»Schon, er ist bestimmt Mitte dreißig«, sagte Oma. »Aber er hat seine Frau verloren und jetzt ist er allein mit zwei Kindern. Sie ist im Urlaub in Italien plötzlich krank geworden und noch dort gestorben. Schrecklich. Keine Ahnung, wie er das hinbekommt. So allein mit den Kindern.«

Vildis sah fassungslos ihre Oma an. Warum redete sie so einen Unsinn? »Mama bekommt das doch auch hin«, sagte sie. »Mit drei Kindern!«

Jetzt wurde Oma tatsächlich rot.

»Ja, das stimmt natürlich«, sagte sie fast verschämt.

Mama warf Vildis einen Blick zu, dabei lächelte sie unmerklich. Vildis wurde warm ums Herz, und sie war froh, etwas gesagt zu haben. Auf einmal hatte sie das Gefühl, als wären sie und Mama Freundinnen, die einander verstanden.

Tumi saß die ganze Zeit am Computer. Sonst ist er taub und blind für alles andere, wenn er an einem seiner Videospiele sitzt. Zum Beispiel hört er nie das Telefon klingeln, was für alle anderen sehr nervig ist. Diesmal aber stand er auf, setzte sich neben Oma und hörte zu, was sie über diesen frauenlosen Mann zu erzählen hatte. Fragte ihr Löcher in den Bauch. Wo der Mann wohne. Wie alt er sei, ob er ein Auto habe. Oma war glücklich. Wenn Tumi vor dem Bildschirm hängt, hat er so gut wie nie Lust, mit ihr zu sprechen. Und auch Mama – die ihn normalerweise mit Gewalt vom Computer wegholen muss – war ziemlich erstaunt.

Eines Abends, als Vildis schon im Bett lag, kam auf einmal Tumi in ihr Zimmer und schlüpfte zu ihr unter die Decke.

»Ich muss dir was erzählen«, sagte er.

»Mann, ich war schon fast eingeschlafen«, brummte Vildis.

»Ich habe ihn getroffen«, sagte Tumi. Er zitterte geradezu vor Aufregung.

»Was? Wen?«, fragte seine Schwester schläfrig.

»Na, den Mann. Den neuen Chef von der Bank.«

Vildis sprang auf, als hätte ihr eine Matratzenfeder in den Po gepikst. »Was? Wie? Bist du nicht ganz dicht? Was ist passiert?«

»Er heißt Hermann«, sagte Tumi. »Das steht an seiner Tür.«

»Hermann? Na, da kann er ja froh sein, dass er nicht Fraumann heißt«, sagte Vildis. »Aber woher weißt du das überhaupt?«

»Na, ich bin mit meiner Sparbüchse zur Bank gelaufen. Du weißt schon, die Bank, zu der Oma immer geht«, sagte Tumi stolz. »Oma weiß ja nicht, wie Internetbanking funktioniert. Ich habe mir sogar die Zähne geputzt, bevor ich losgegangen bin. Und mich gekämmt.«

»Super, so konnte dich natürlich niemand erkennen«, sagte Vildis.

Tumi grunzte beleidigt, und sie fragte schnell: »Also, was war dann?«

»Zuerst stand ich nur doof da und keiner wollte was von mir wissen. In der Bank war nichts los. Hinter der Glasscheibe hat sich die eine Frau ihre Nägel lackiert und eine andere hat Scheine gezählt, die Stapel mit Gummis zusammengebunden und in eine Schublade gestopft. Ach ja, und eine alte Frau ist reingekommen und hat gefragt, wann der Bus kommt.«

»Jaja, ist doch nicht so wichtig. Was ist dann passiert?«, drängte Vildis, die nun hellwach war, doch Tumi ließ sich Zeit.

»Tja, ich bin zum Schalter gegangen und habe gefragt, ob

ich mal mit dem Chef reden kann. ›Mit welchem Chef?‹, wollte die mit dem Nagellack wissen.« Tumi schüttelte den Kopf. »So eine dumme Nuss!«, kommentierte er abfällig. »Na, egal. Ich also: ›Mit dem, der hier das Sagen hat.‹ Ich wusste nämlich nicht mehr, wie das heißt. Aber später hab ich's an der Tür gesehen: FILIALLEITER heißt bei denen der Chef.

Auf jeden Fall haben mich die Frauen angeglotzt, als wäre ich von einem anderen Stern. Zum Glück kam in dem Moment ein dicker Mann nach vorne, der sich hinter einem Aktenschrank versteckt hatte. Er hat gesagt, dass sie mich ruhig zum Chef lassen sollen. Dann hätte der wenigstens was zu tun. Na ja, und so bin ich in seinem Büro gelandet. In dem vom Chef, meine ich.«

»Und dann?«

»Ich habe ihm meine Sparbüchse gezeigt und mich zu Tode geschämt. Dieses eklige, dicke Schwein. Wir brauchen unbedingt was anderes! Und total dreckig. Das Sparschwein, meine ich. Da hat sogar noch ein altes Kaugummi drangeklebt. Na ja, jedenfalls habe ich gesagt, dass ich alles auf mein Sparbuch einzahlen möchte.

›Konnten dir denn da die Mädels nicht weiterhelfen?‹, hat er ganz freundlich gefragt. ›Die jungen Frauen da draußen?‹

›Nee‹, meinte ich, ›die hatten was anderes zu tun.‹ Ich

habe den Mann ganz genau unter die Lupe genommen. Oma hat recht, er ist wirklich toll. Mama würde ihn ganz bestimmt gut finden. Er hat auch einen Jeep und ein Haus nicht weit von hier.«

»Was du alles weißt …«, sagte Vildis, und jetzt war sie es, die jemanden ganz genau unter die Lupe nahm.

»Hat er mir gesagt, nachdem ich ihm alles über uns erzählt habe … Während er sich mit dem Computer rumgeschlagen hat. Um nachzusehen, ob Mama bei der Bank alles bezahlt hat und so. Alles, was Oma gesagt hat, stimmt. Er hat keine Frau. Nur zwei Jungs, der eine ist vierzehn, der andere dreizehn. Er findet das wahnsinnig schwierig.«

Vildis gähnte. »Und, hast du ihn schon gefragt, ob er Mama heiraten will?«, fragte sie und zog sich die Decke bis zum Kinn.

»Bist du verrückt? Ich habe ihm nur von der Werkstatt erzählt und dass Mama ganz toll ist. Weißt du, was er dazu gesagt hat?«

»Na?«

»Er meinte: ›Das muss sie sein, schließlich hat sie so einen prima Jungen.‹ Dann ist er mit mir nach vorne gegangen und hat den Frauen gesagt, dass sie mich bedienen sollen. Ich habe ihm die Hand gegeben und mich bedankt, sogar die rechte Hand, obwohl ich ja manchmal rechts und links verwechsle. Und dann ist mir noch was Geniales eingefallen.«

»Oh nein …«, sagte Vildis, »… und was war das schon wieder?«

»Ich habe gesagt: ›Komm unbedingt zu Mama, wenn du mal irgendwelche Geschenke brauchst. Sie macht lauter schöne Dinge. Sie heißt Solveig, wird aber Lolla genannt.‹ Er meinte, dass er das vielleicht mal tun wird. Eigentlich hat er es sogar versprochen.«

»Er war einfach nur froh, dich endlich los zu sein«, sagte Vildis. »War's das denn jetzt?«

»Hm …, im Großen und Ganzen«, sagte Tumi und fing nun auch zu gähnen an.

Dann tapste er zurück in sein Zimmer, doch die besorgte Vildis schlief nicht gleich ein. Sie hörte Mama in Valas Zimmer ein Liedchen summen. Mama Lolla, die keinen blassen Schimmer hatte, dass sie drauf und dran war, einen neuen Mann als Ersatz für Papa zu bekommen.

Vala sorgt sich um nichts und niemand

Vala hat Tumi und Vildis wirklich lieb, am liebsten aber hat sie Mama. Das Schönste auf der Welt ist, in Mamas Bett zu schlafen. Da muss sie dann eine Windel tragen. Denn Mama will kein Pipi in ihrem Bett. Vala will auch nicht ins Bett machen, nur – wenn sie tief und fest schläft, fließt es einfach. Vala versteht das nicht.

»Vielleicht ist das ja Regen«, hat sie einmal zu Mama gesagt, die das lustig fand und lachen musste. Als ob es lustig wäre, wenn es einem ins Bett regnet! Also schluchzte Vala los. Weil Mama etwas lustig fand, das für Vala schlimm war. Mama würde ja sicher auch nicht lachen, wenn es nachts immer aus ihr regnen würde.

Am liebsten sieht Vala die Zeichentrickserie *Dora* im Fernsehen. Mit dem Äffchen Boots. Und Doras Cousin Diego, der sich um alle Tiere kümmert. Einmal hat er Tigerjunge aus einem Wasserfall gerettet. Das war gut, denn sonst wären sie gestorben. Wenn Vala groß ist, möchte sie genauso lieb zu Tieren sein wie Diego.

Was ihr sonst noch Spaß macht: Zuckerstücke in Omas Kaffee tunken. Und in Mamas Stöckelschuhen herumspazieren. Und sich mit ihrem Lippenstift anmalen. Obwohl das bei Mama nicht so gut ankommt. Und es macht Spaß, Tumi und seinen Freunden das Lied von Pippi Langstrumpf vorzusingen. Aber das kommt auch nicht so gut an. Sie wollen es sich ums Verplatzen nicht anhören. Nicht mal *Komm, lieber Mai*. Selbst, wenn Vala so laut singt, wie sie kann, bis ihr Gesicht ganz blau wird. Im Kindergarten finden alle (auch die Kindergärtnerinnen), dass Vala *ausgesprochen* schön singt, und deshalb singt sie immer am lautesten von allen. Aber wenn Tumi mit den Jungs zusammenhockt, ist er manchmal blöd zu ihr. Die sind nämlich auch blöd. Findet Vala.

Deshalb ist es am besten, in einer Ecke in Mamas Werkstatt zu sitzen und zu malen oder zu kneten oder mit Perlen zu spielen und keinen Mucks von sich zu geben. Und nicht in die Nähe von Mamas Sachen zu geraten. Einmal hatte Mama ihnen in der Werkstatt Wurst und Brötchen gegeben. Vala schaffte ihre Portion nicht, also ließ sie den Rest in einer großen Kanne verschwinden, die Mama noch brennen wollte. Alles, was Mama macht, muss nämlich in einem höllenheißen Ofen gebrannt werden. Als die Kanne aus dem Ofen kam, war ein hässlicher Fleck darin und die Kanne hinüber. Niemand kauft eine Kanne mit einer angeknabberten, verbrannten Wurst am Boden. Mama war böse auf Vala. Das war schlimm. Fand Vala.

Aber Mama tröstete sie gleich wieder. Vala wusste schon, dass sie das tun würde. Deshalb heulte sie, so laut sie konnte, und Mama nahm sie in den Arm und tröstete und tröstete, bis Vala fand, dass sie genug geweint hatte.

Im Großen und Ganzen ist Valas Leben prächtig. Vala macht sich im Grunde um nichts und niemand Sorgen. Und sie möchte gern alles Mögliche ausprobieren.

Ungefähr so ist das Leben auf dem Wallhof

Meist lebt es sich ganz gut auf dem Wallhof. Manchmal sogar ausgezeichnet. Mama hat so viele witzige Einfälle. Wenn sich die ganze Bande nach der Schule auf dem Wallhof versammelt und der Lärm bis in die Werkstatt dringt, versorgt sie die Kinder oft mit allen möglichen

Farben und großen Blättern, die sie in der Werkstatt von der Papierrolle schneidet, und lässt sie um die Wette malen. Dann kann sie in Ruhe arbeiten, weil sie weiß, was die Kinder so treiben. Für die schönsten Bilder gibt es einen Preis, aber meist sind sie alle gleich schön. Einmal gab es für alle Maler kleine Tonfigürchen, die sie an ihren Schlüsselbund hängen konnten. Ein anderes Mal hat Mama für alle Kinderzimmer Pappschilder mit den Namen der Kinder darauf gebastelt und sie dann angemalt. Nur das Schild für Raggis Zimmer musste sie noch einmal neu machen.

»Ich heiße nämlich Gudjon«, sagte Raggi. »Ich werde bloß Raggi genannt.«

»Und warum wirst du Raggi genannt?«, fragte Mama mit hochgezogenen Brauen.

»Einfach so«, sagte Gudjon, genannt Raggi.

Am Ende war Gudjon, genannt Raggi, der Glücklichste aus der ganzen Malgruppe. Er hatte nämlich noch nie für irgendetwas einen Preis gewonnen. Er liebte Mama.

»Ich finde, Lolla ist die beste Mama«, sagte er. Das sahen die Geschwister vom Wallhof ganz genauso.

Am schönsten aber sind die Picknickausflüge mit Mama runter zum Strand oder in die Lavalandschaft. Mama ist ein wahres Naturkind. Sie ist sogar in einem Verein, der sich dafür einsetzt, dass die Natur geschützt wird. Darüber denken nämlich immer noch viel zu wenig Menschen nach, sagt sie. Sie findet, dass alle sorgsam mit der Erde umgehen müssen. Man müsste allen Umweltverschmutzern den Hintern versohlen.

»Dann kannst du gleich bei Guffis Vater anfangen«, meinte Vildis. »Der wirft leere Eisbecher aus dem Autofenster.«

Die Kinder prusteten los. Das wäre ein Spaß, wenn Mama Guffis Vater versohlen würde!

Doch Mama hatte in diesen Tagen anderes im Kopf als den Hintern von Guffis Vater. Sie plante nämlich gerade eine Geburtstagsfeier. Und anders als sonst stand diesmal kein Kindergeburtstag vor der Tür, sondern ihr eigener. Mama Lolla würde bald die große Drei-Null erreichen. Dreißig Jahre alt.

»Und das ist ein Großgeburtstag«, sagte sie.

»Findest du es nicht merkwürdig, Tumi, dass unsere Geburtstage immer Großgeburtstage sind, Erwachsene aber nur manchmal große Geburtstage haben?«, sagte Vildis nachdenklich.

Tumi musste zugeben, dass er sich darüber noch nie Gedanken gemacht hatte.

»Was dir so alles auffällt, Vildis«, sagte er mit einem Hauch Bewunderung in der Stimme.

»Hm«, machte Vildis, und Tumi verspürte einen kleinen Stich, wie so oft, wenn Vildis über etwas nicht weiterreden wollte.

Oma backte und schmierte Schnittchen und füllte den Kühlschrank, die Kinder wurden zum Zimmeraufräumen verdonnert und Opa nahm sich die Werkstatt vor. Er fegte und räumte, weil Mama noch eine große Bestellung für das Geschäft am Flughafen fertig machen musste.

Tumi steckte die Einladungen in Umschläge, und Opa wollte sie anschließend mit dem Auto ausliefern, um die Briefmarken zu sparen. Mama lud alle möglichen Leute ein, ihre Tanten und Onkel, Cousinen und Cousins, auch Papa und Sigga und Papas Verwandtschaft. »Das ist nämlich auch eure Verwandtschaft«, sagte Mama. Außerdem lud sie noch ihre Freunde aus dem Naturverein und dem Nähklub ein und einige, mit denen sie gemeinsam die Kunstschule besucht hatte.

»Kommt auch Opa aus dem Norden?«, fragte Tumi.

»Das glaube ich kaum«, sagte Mama. »Er ist so krank, seit eure Großmutter gestorben ist. Ich wollte eigentlich euren Vater bitten, dass ihr ihn bei nächster Gelegenheit mal wieder besucht.«

Mama hatte eine schicke Einladungskarte mit Vögeln und Blumen und Schmetterlingen gestaltet. Und im Hintergrund war, etwas blasser, der Wallhof zu sehen. Das hatte sie am Computer gemacht, daher war es kein Problem, einen ganzen Stapel Karten zu drucken. Nach vielem Hin und Her und unzähligen Vorschlägen einigten sie sich auf folgenden Text:

Wir laden ein zu Lollas 30. Geburtstag
auf dem Wallhof am 10. Mai um 17 Uhr.
Kinder sind willkommen.
Bitte keine Geschenke außer Freude und Glück
und vielleicht ein bisschen Kleingeld
für die Naturvereinskasse im Garten.
Lolla, Tumi, Vildis und Vala

Durch jeweils eine Ecke der Karten hatte Mama einen Ring aus vergoldetem Draht gezogen.

»Damit man die Karte auch irgendwo aufhängen kann und niemand vergisst zu kommen«, sagte sie voller Vorfreude.

»Als würde das jemand vergessen«, sagte Vildis enttäuscht. Die nicht gewünschten Geschenke bereiteten ihr mehr Sorgen.

»Ich verstehe Mama nicht«, sagte sie kurz darauf zu Tumi. »Mama braucht doch so vieles.«

»Was zum Beispiel?«, fragte Tumi geistesabwesend.

»Du versteht auch gar nichts«, sagte seine Schwester gereizt. »Zum Beispiel Klamotten, Schals, Schminkzeug. Solche Sachen kauft sie sich nie. Und eine neue Mikrowelle könnte sie auch gebrauchen. Unser Schrottteil macht doch schon ganz komische Geräusche. Und eine Ringform. Die alte ist total verkohlt. Mama braucht so wahnsinnig viel.«

»Wer verschenkt denn schon eine Ringform zum Geburtstag?«, fragte Tumi verdattert. »Das ist doch bescheuert. Was ist das überhaupt?«

»Also echt! Das weißt du nicht? Darin backt man Kuchen«, sagte Vildis. »Unter anderem auch für dich.«

»Braucht sie nicht auch Putzklamotten?«, fragte Tumi und kicherte. »Oder eine Klobürste?«

»Du bist echt schrecklich«, sagte Vildis und stapfte wütend davon.

Was angeblich alles im Haushalt fehlte, interessierte Tumi nun wirklich nicht. Doch er wusste etwas, was Mama unbedingt brauchte: Sie brauchte einen Mann.

Einen guten Mann, der sie ins Kino ausführte oder einfach nur mit ihr spazieren ging. Und der alles reparierte, was kaputtging, damit Opa sich nicht immer um alles kümmern musste, was Mama nicht allein hinbekam. Zum Glück schaffte sie aber eine ganze Menge selbst.

Und als Tumi so dastand und seiner stinkwütenden

Schwester hinterhersah, war es, als würde ein Blitz geradewegs in seinen Kopf fahren. Eine großartige Idee war geboren: Er würde dafür sorgen, dass Filialleiter Hermann zur Geburtstagsfeier kam. An diesem Tag würde alles so richtig fein und schön bei ihnen auf dem Wallhof sein, Mama würde Ton und Farbkleckse abgeschrubbt und sich herausgeputzt haben und absolut unwiderstehlich sein, und auch die Geschwister würden geschniegelt und gescheitelt und wahnsinnig höflich zu den Gästen sein. Und das Essen wäre zum Reinsetzen, so gut.

Tumi war überzeugt, dass Hermann ganz wild darauf sein würde, Mama zu heiraten. Wenn nicht, dann wäre etwas nicht ganz in Ordnung mit ihm.

Und so beschloss Tumi, ihm eine Einladung zu geben.

Ein Familienmitglied kennt der Filialleiter ja schon, dachte Tumi: ihn selbst.

Also steckte Tumi die Karte in einen Umschlag und schrieb darauf: *An den Filialleiter.* Alle betonten immer, wie außergewöhnlich schön seine Schrift sei, und diesmal gab Tumi sich besonders viel Mühe. Er würde sich mit der Einladung in die Bank schleichen und den Umschlag am Schalter liegen lassen. Gegen Überraschungsgäste hatte Mama bestimmt nichts einzuwenden.

Vor einiger Zeit hat Oma nämlich erzählt, wie ihre Tochter am Heiligen Abend einmal einen schmutzigen

Kerl mit nach Hause gebracht hatte, sicher einen Suffkopf von der Straße. »Dem ging's so dreckig«, hatte sie erklärt. »Saß mutterseelenallein da draußen in Kälte und Schnee an einem Laternenpfahl mitten auf dem Bürgersteig.« Und der armen Oma blieb nichts anderes übrig, als ihn in die Badewanne zu stecken und ihm Kleider von Opa zu leihen.

»Gegen Barmherzigkeit ist nichts einzuwenden«, hatte Opa dazu gesagt. Seine Sachen hat er nie wieder gesehen, doch das machte ihm nichts aus. Als der Mann gegangen war, hatte Opa ihm sogar noch seinen alten Parka übergezogen, und Oma war heilfroh, das olle Ding los zu sein. Sie hatte die Jacke nie ausstehen können.

Tumi nahm die Sache also in die Hand. Als er am nächsten Tag heimlich den Umschlag auf den Schalter legte, lackierte sich die Frau hinter der Scheibe immer noch die Nägel. Und der alte Mann hantierte immer noch in der Ecke hinter dem Schrank mit Akten herum. Seine langen Haare hatte er in einem missratenen Kringel auf dem Kopf platziert, als hätte dort ein stockblinder Vogel sein Nest gebaut, und darunter glänzte eine Glatze.

»Na, da bist du ja wieder, mein kleiner Freund«, sagte er zu Tumi. »Können wir dir weiterhelfen?«

Verzweifelt blickte Tumi um sich. Doch er hatte Glück. Auf dem Schalter lag ein dicker Stapel Stundenpläne.

»Nee, ich wollte mir nur so einen Stundenplan holen«, sagte er und war stolz auf den rettenden Einfall.

»Nimm so viele du willst«, sagte der Mann.

Tumi zögerte einen Augenblick, dann nahm er so viele Stundenpläne, dass sie für seine ganze Klasse gereicht hätten. Und es gelang ihm, den Umschlag mit der Einladung auf den Schalter zu legen, ohne dass es jemand bemerkte.

»Nettes Kerlchen«, hörte er den Mann beim Hinausgehen sagen.

Ja, das bin ich, dachte Tumi gut gelaunt. Wenn man etwas erreichen wollte, musste man die Dinge nun einmal selbst in die Hand nehmen. Oma hatte einmal zu Mama gesagt, dass Papa sich nie mal so richtig in etwas reingehängt hätte. Das war nicht für Tumis Ohren bestimmt gewesen, aber er hatte es trotzdem gehört. Und er hatte auch selbst schon bemerkt, dass Papa oft über tausend Dinge sprach, die er tun wollte, dann aber doch nie machte.

Komisch, dachte Tumi. Man hat jemanden richtig lieb, zum Beispiel Papa, und trotzdem ist man ab und zu stinkig auf ihn. Manchmal konnte Tumi sogar Sigga verstehen, wenn sie mal wieder böse auf Papa war. Zum Beispiel, wenn sie nach Hause wollte und sagte: »Kommst du?« Und er sagte: »Ja«, rührte sich aber nicht. Das würde mich wahnsinnig machen, dachte Tumi und lief zufrieden nach Hause.

Großes Wirbeln vor dem Fest

Geburtstagskind Mama hatte alle Hände voll zu tun mit einer Bestellung, die noch vor der Feier fertig sein musste, damit sie am großen Tag guten Gewissens abschalten konnte. Dabei war es kein Pappenstiel, was in den Tagen vor dem Geburtstag auf dem Wallhof gestemmt wurde: Tumi und Vildis hatten alles, was in ihren Zimmern war, sortiert und neu eingeräumt. Die Bücher standen fein säuberlich aufgereiht in den Regalen, die Buntstifte lagen in Körben, die Mama gefunden hatte, die Puzzleteile in den Kartons, in denen sie zu Hause waren, Legosteine in einer Kiste und Playmobilmännchen in einer anderen. Das alles war vorher ein heilloses Durcheinander gewesen, in dem man beim besten Willen nichts wiederfinden konnte.

»Wow, ist das viel«, stöhnte Tumi, der sich damit abmühte, seine Autoflotte auf dem untersten Regalbrett zu parken.

»Und trotzdem redest du immer davon, was du alles noch brauchst«, sagte Vildis, die dem Großbesitzer half, das Eisenbahnsystem zusammenzubauen, das der Opa aus dem Norden ihrem Bruder zu Weihnachten geschenkt hatte.

»Jetzt brauche ich nur noch einen Computer«, sagte Tumi. »Alle Jungs haben einen.«

»Glaubst du etwa, dass nur Jungs Computer haben?«, fragte Vildis. »Ich brauche genauso dringend einen wie du. Aber das kostet Grillionen! Und außerdem dürfen wir ja an Mamas Computer. Geh mal eben da weg. Ich möchte unter deinem Bett fegen.«

Doch für den Besen gab es kein Durchkommen. Zuerst musste Vildis zerbeulte Sporttaschen, zerschlissene, steinharte Turnschuhe, den Karton von der Eisenbahn und noch so manch anderes Schmuckstück aus dem Weg räumen. Erst dann passte der Besen unters Bett, und mit ihm kamen die seltsamsten Objekte hervor, die meisten eher unappetitlich: drei schmutzige Socken, die alle nicht zusammengehörten, eine halb aufgegessene, zerdrückte Banane, zwei staubige Unterhosen, ein paar Donald-Duck-Hefte, Eisstiele, Pez-Figuren und Valas brauner Teddy, nach dem sie schon überall gesucht hatten. Der Ärmste war vor lauter Staubflocken ganz grau und schaute so traurig drein, als hätte er sich lange Zeit ganz unerträglich gelangweilt.

»Du bist ein richtiger Schmutzfink«, empörte sich Vildis.

»Glaubst du etwa, dass ich das da alles hingestopft habe?«, sagte Tumi beleidigt. »Das hat sich irgendwie selbst unters Bett geschoben.«

»Du bist doch nicht ganz dicht«, sagte Vildis und fegte Tumis Besitztümer auf ein Kehrblech.

»Ist ja gut«, brummte Tumi friedfertig. »Ich helfe dir dann auch in deinem Zimmer.«

»Du meinst, dass du alles unter mein Bett schieben willst? Nein danke, auf keinen Fall«, sagte Vildis. »Außerdem bin ich mit meinem Zimmer längst fertig. Aber wir können Valas Sachen aufräumen.«

In Valas kleinem Zimmer stand kein Bett, weil sie immer noch bei Mama schlief. So brauchten die Geschwister nicht lange, um dort alles in Ordnung zu bringen.

»Wer wohnt denn jetzt hier?«, fragte Vala verdutzt, als sie das Zimmer betrat. Oma und Opa hatten sie vom Kindergarten abgeholt. Praktischerweise arbeiteten die beiden als Lehrer in der Schule direkt neben dem Kindergarten, daher holten sie Vala fast immer ab. Vildis und Tumi gingen auf eine Schule, die weiter weg war. Darüber waren sie mehr als froh. Denn wer von seinen eigenen Großeltern unterrichtet wird, ist wirklich arm dran.

»Du wohnst hier, du Süße«, sagte Vildis und knuddelte ihre Schwester.

»Aber jetzt finde ich nie mehr etwas wieder«, sagte Vala traurig.

»Guck mal, was ich für dich gefunden habe«, sagte Vildis und gab ihr den staubgrauen Teddy. Vildis hatte es nicht über sich gebracht, ihn abzubürsten. Er sah einfach zu lustig aus.

»Ist der so alt geworden?«, fragte Vala.

Vildis musste lachen. »Nein, wenn ich ihn bürste, wird er wieder jung.« Und da Vala ihr Teddy so pelzig und betagt nicht gefiel, bürstete Vildis ihn gründlich ab, bis er wieder aussah wie in der Blüte seines Lebens. Dann verschwand er in Valas Armen.

Auch Oma und Opa packten tüchtig mit an. Oma polierte und wischte und schrubbte und bohnerte, wusch und bügelte, bis ihr der Schweiß übers Gesicht lief.

»Nun bring dich nicht um, meine Liebe«, sagte Opa. »Seht ihr, wie sie dampft?«

Dampf sahen die Kinder nicht, aber dafür hörten sie Opa beim Fensterputzen schnauben wie eine alte Lokomotive.

Als Mama völlig verschwitzt aus der Werkstatt kam, staunte sie, wie schön alles wurde.

»Habe ich nicht die besten Eltern der Welt?«, sagte sie und drückte ihre Mutter.

»Da warst du aber anderer Meinung, als wir dir verboten haben, im Winter mit einem dahergelaufenen Kerl nach dem Abendessen durch die Stadt zu ziehen«, sagte Opa.

»Papa, da war ich dreizehn.«

»Jaja, und als ich dir verboten habe, deine Lippen anzumalen. Da warst du vierzehn.«

»War Mama früher so wild?«, fragte Tumi ungläubig.

»Nein, nein, nur ein bisschen durcheinander«, sagte Opa. »Das werdet ihr auch sein, wenn es so weit ist.«

»Ich nicht«, sagte Vildis.

»Ich bestimmt«, sagte Tumi.

»Ich auch«, sagte Vala.

»Lustig, dass Mama ein bisschen verrückt war, als sie klein gewesen ist«, sagte Tumi. »Und dass sie überhaupt mal klein war.«

»Ja, sie hat sich gemacht«, sagte Opa, und alle lachten. »Aber wir haben es nicht darauf angelegt, noch mehr Kinder zu bekommen«, fügte er hinzu. »Sie hat völlig ausgereicht.«

»Hör auf, den Kindern so einen Unfug zu erzählen, Jonathan«, sagte Oma und polierte weiter.

»Das ist schon in Ordnung! Die Kinder wissen genau, wenn der Opa Unfug erzählt.«

»Lolla, Liebes«, sagte Oma nun. »Ich schlage vor, wir kochen einfach einen Riesenpott Gulasch. Du hast doch so viel Fleisch da, von Björns Vater. Dann geht niemand hungrig nach Hause.«

»Jetzt brauchen wir nur noch ein paar Marmeladengläser«, sagte Opa.

»Was willst du denn mit Marmeladengläsern?«, fragte Oma neugierig.

»Lass mich das nur mit Vildis und Tumi machen«, antwortete er, und jetzt waren auch die Geschwister ganz gespannt.

Opa hatte einen ganzen Haufen Teelichter besorgt, und nun bekamen die Kinder die Aufgabe, sie in die Gläser zu setzen. Damit wollte Opa den Garten beleuchten.

»Du bist spitze«, sagte Tumi hellauf begeistert.

»Ganz recht«, sagte Opa stolz und schlug sich auf die Brust. »Vala, du darfst die letzte Kerze in ein Glas stellen.«

Das tat die kleine Vala mit geschwellter Brust, auch wenn die Kerze vermutlich nicht so gut brennen würde, weil der Docht nach unten zeigte.

Die Kinder suchten für jedes Glas einen Platz im Garten und waren gerade fertig, als Oma sie auf einen heißen Kakao und Toastbrot mit reichlich Käse ins Haus rief.

Mama sah dem Auto ihres Vaters nach, das mit Kartons voller Töpferwaren im Kofferraum zum Flughafen fuhr. Endlich konnte auch sie aufatmen.

»Fahr vorsichtig, Papa!«, rief sie ihm hinterher.

Verrückt, wie gut wir es hier in unserem Zuhause haben, dachte Vildis, die ihrer Mutter beim Einpacken geholfen hatte. Am schönsten wäre es natürlich, wenn auch Papa auf dem Wallhof wohnen würde, aber sie alle hatten sich längst daran gewöhnt, dass er nun mal eine andere Frau hatte.

Bei einigen Kindern in der Schule war es ganz ähnlich. Vildis war froh, dass Papa keine Kinder mit Sigga hatte. So war es bei vielen ihrer Klassenkameraden, und man wusste nie genau, wer wohin gehörte. Gut, dass Papa und Sigga nur einen Hund hatten.

Mama legte den Arm um Vildis' Schultern, und gemeinsam gingen sie ins Haus. »Danke für deine Hilfe, mein Mädchen«, sagte sie.

Ein Geheimnis wird gelüftet

Später an diesem Abend beschäftigte Vildis jedoch noch etwas ganz anderes. Etwas viel Absurderes als die Tatsache, wie gut sie es doch hatten. Genau genommen sogar etwas ganz abartig Absurdes. Etwas geradezu Grundverrücktes.

Tumi war es, der die Sache losgetreten hatte. Wer auch sonst? Sie putzten sich gerade im Badezimmer die Zähne, als Tumi sagte: »Vildis, ich muss dir was sagen, wenn du schwörst, es niemandem zu verraten.«

»Ich schwöre«, sagte Vildis einigermaßen neugierig.

Manchmal waren Tumis Einfälle schließlich gar nicht so schlecht.

»Vielleicht kommt der Filialleiter morgen zum Fest«, sagte er und warf einen beinahe ängstlichen Blick auf seine Schwester.

Vildis ließ die Zahnbürste fallen und starrte Tumi an.

»Was … wie … warum kommt denn *der*?«, stieß sie schließlich hervor.

»Er hat eine Einladung bekommen«, sagte Tumi.

»Und wieso hat er eine Einladung bekommen?«, fragte Vildis verwirrt. »Hat Mama ihm eine geschickt?«

»Nicht direkt«, sagte Tumi.

Vildis starrte ihren Bruder noch immer an. Dann ging ihr ein Licht auf.

»Tumi, hast du ihm eine Karte geschickt?«

»Nein, geschickt habe ich ihm überhaupt nichts. Ich bin einfach mit der Karte in die Bank gegangen und habe sie heimlich auf den Schalter gelegt. Niemand hat mich dabei gesehen.«

»Weiß Mama davon?«, fragte Vildis bestürzt.

»Ähm, nee, eigentlich nicht.«

»Du bist … völlig durchgeknallt«, sagte Vildis. »Wir müssen es Mama sagen.«

»Nein, tu das nicht. Es kommen doch so viele. Er wird niemandem auffallen. Er ist irgendwie so … ganz ruhig und still. Ich sage Mama einfach später, dass ich ihn eingeladen habe. Ich kenne ihn ja auch. Eigentlich ist er sogar mein Freund.«

Vildis war etwas erleichtert. Wenn außer ihnen beiden niemand von Tumis Heiratsplan wusste, dann musste Mama sich ja gar nicht darum kümmern. Und überhaupt – Vildis musste sich sowieso keine Sorgen machen. Sie war sich nämlich ganz sicher, dass Mama absolut keinen Mann wollte.

»Außerdem ist das nicht nur Mamas Fest«, sagte Tumi zufrieden. »Wir alle laden zum Geburtstag ein. So steht es doch auf der Karte. Da darf ich ja wohl auch selber entscheiden, wen ich einladen will. Aber sag es bitte trotzdem niemandem.«

Was Tumi da redete, war gar nicht so verrückt. Vielleicht hätte Vildis auch jemanden einladen können, doch dafür war es jetzt zu spät.

Und vielleicht findet Mama das Ganze ja sogar witzig, dachte Vildis. So ist sie nämlich, die Mama.

Mit ernster Miene sah Vildis ihren Bruder an.

»Tumi, ich verrate nichts, wenn du mir eines versprichst«, sagte sie.

»Und zwar?«

»Du sagst niemandem etwas davon, von diesem Hochzeitsquatsch, du weißt schon.«

»Kein Problem, versprochen«, sagte Tumi.

Er ging und schloss die Tür hinter sich, öffnete sie aber gleich wieder, steckte den Kopf ins Badezimmer und fragte: »Hast du mal seinen Jeep gesehen?«

Ein rundum gelungenes Fest – zumindest fast rundum

Mama war hochzufrieden. Einen schöneren Maitag hätte man sich nicht aussuchen können, warm und sonnig. Die Bäume im Garten schlugen schon aus und die zarten Blätter an den Zweigen zitterten beim geringsten Lufthauch wie Schmetterlinge. Am Haus zeigten sich leuchtend gelbe Osterglocken in ihrer ganzen Pracht, sie wuchsen üppiger als je zuvor. Es ist schon sonderbar, dass Osterglocken jedes Jahr mehr Kinder haben und dass sie das ganz alleine hinbekommen. Genau wie die Schneeglöckchen, die hier und dort im Garten blühten. Schade nur, wie schnell sie sich wieder zum Schlafen in die Erde verkriechen.

Auf der Veranda am Haus stand ein langer Tisch, den Mama und Opa aus der Werkstatt hergeschleppt hatten, und überall im Garten waren Bänke und Stühle verteilt. Der Tisch war schwer beladen: Mamas schöne Schalen waren randvoll mit Brot, Gebäck, Obst und Käse und auf einem kleineren Tisch stapelten sich die Teller. Oma hatte mit Besteck und Weingläsern ausgeholfen, weil Mama nicht genug hatte – nicht für all die Gäste, die kommen würden.

»Voll cool, das wird echt 'ne geile Party«, nuschelte Tumi und beguckte alles zufrieden.

»Kannst du nicht vernünftig reden?«, regte sich Vildis auf. »Du wirst deinem Freund, diesem Binni, immer ähnlicher. Niemand versteht, was der vor sich hin brabbelt.«

Tumi sah sie belustigt an. »Wie reizend es doch ist, ein Fest zu geben«, erwiderte er feierlich.

Nun musste Vildis doch lachen. »Du musst dir ja nicht gleich den Kiefer verrenken!« Als sie ihren Bruder da so stehen sah, wie er durch das blonde Wuschelhaar in die Sonnenstrahlen blinzelte, die durch die Bäume fielen, merkte sie mit einem Mal, wie lieb sie ihn hatte – selbst wenn er manchmal ganz schön anstrengend sein konnte.

»Ja, das wird bestimmt ein superschönes Fest«, sagte sie.

»Und gar nicht teuer. Wir haben ja ziemlich viel Fleisch von Opa aus dem Norden bekommen.«

»Immer musst du an so öde Dinge denken. Wie FLEISCH. Igitt«, sagte Tumi genervt. »Lass uns lieber an was *richtig* Schönes denken. Sollen wir nicht den Tisch ein bisschen schmücken, wie Mama es manchmal macht, zum Beispiel mit Blättern oder Gräsern? Ja, Vildis? Komm schon, jetzt sei nicht so langweilig!«

Am liebsten hätte Vildis gesagt, dass er es sonst ganz und gar nicht langweilig fand, sich mit Opas Fleisch den Bauch vollzuschlagen, doch sie beschloss, es zu lassen. Schließlich war das Mamas Geburtstag und alle sollten gut gelaunt sein. Und Tumis Idee mit dem Tischschmuck war gar nicht so übel.

Mama war überglücklich, als sie wenig später sah, wie schön sie den Tisch dekoriert hatten. »Ihr seid richtige Engel«, sagte sie.

Das Gulasch köchelte in zwei riesigen Töpfen auf dem Herd, alles war bereit.

Opa hatte die Aufgabe, alle Weinflaschen zu entkorken und die Limonade in eine Wanne mit Eiswürfeln zu stellen, während Oma besagten Engelskindern etwas Sauberes zum Anziehen heraussuchte.

Es dauerte eine ganze Weile, etwas Passendes für Vala

zu finden, denn Vala wollte Prinzessin sein. Oder Dora aus dem Fernsehen. Oder Aschenputtel auf dem Ball. Oma löste das Problem mit einem rosa Nachthemd, das ihr bis zu den Knöcheln reichte, und einem roten Band, das sie der Prinzessin um die Taille – oder vielmehr um den Bauch – band.

Alle saßen draußen auf der Veranda, als sich das Geburtstagskind zeigte.

»Was bist du schön«, sagte Vildis und sah ihre Mutter voller Bewunderung an. Ob ich auch mal so hübsch sein werde?, fragte sie sich und fühlte sich ein bisschen komisch bei dem Gedanken.

»Ich habe gebadet und den Ton ordentlich abgeschrubbt«, sagte Mama fröhlich. »Jetzt können die Gäste ruhig kommen.«

Tumi und Vildis warfen sich einen Blick zu. Da war ja noch eine Kleinigkeit, die sie in dem ganzen Trubel schon fast vergessen hatten.

Vildis gab ihrem Bruder ein Zeichen und er folgte ihr ins Wohnzimmer.

»Glaubst du, dass er kommt?«, fragte Tumi.

»Bestimmt«, sagte Vildis. »Aber denk daran, dass *du* ihn eingeladen hast. Er kennt sonst niemanden. Du musst es Mama sagen. Falls er kommt.«

»Okay«, sagte Tumi.

Durchs Wohnzimmerfenster sahen sie, wie Mama die grüne Kasse unter die alte Eberesche stellte.

»Wahnsinn, wie hübsch Mama ist«, sagte Tumi. »Ich wette, dass er sich in sie verknallt.«

Und dann strömten die Gäste herbei. Alle waren in Festtagsstimmung, die Glücklichste von allen aber war Mama. Tumi sah sehnsüchtig all dem Geld nach, das die Gäste in die grüne Kasse steckten, und er hätte schwören können, dass die Kasse zufrieden lächelte.

Die Erwachsenen bekamen Wein oder Limonade in ihre Gläser und gingen im Garten umher oder ließen sich auf Stühlen und Bänken nieder. Die meisten Kinder saßen oben in den Bäumen, auf der Schaukel oder in der Höhle – Langeweile hatte bestimmt niemand.

Vildis suchte ihre Oma und fand sie schließlich in der Küche über den Töpfen.

»Wann geben wir Mama das Geschenk?«, fragte sie.

Oma lächelte. »Das machen wir, wenn eure Mama die Gäste begrüßt hat«, sagte sie.

Vildis konnte es kaum erwarten. Tumi, Oma und sie hatten nämlich stundenlang im Haus der Großeltern zusammengesessen und alle Familienfotos, die Oma hatte, in ein wunderschönes Album geklebt – zusammen mit den Bildern aus Mamas Kiste. Mama hatte nie die Zeit gefunden, etwas mit ihren Fotos zu machen, und so hatte Oma auch diese Bilder noch in die richtige Reihenfolge gebracht, angefangen bei Tumis Geburt und der Hochzeit von Mama und Papa. Jetzt lag ein Päckchen mit drei kompletten Alben bereit! Es gab sogar ein Foto von Tumis schielendem Teddy.

Dann läutete Opa eine Glocke. Alle versammelten sich vor der Veranda, Mama hieß die Gäste willkommen und sagte, dass das Essen hoffentlich gut sei und sie alle zusammen einen schönen Abend auf dem Wallhof verbringen würden. Dann bat sie zwei Freunde aus dem Naturverein, die Töpfe auf die Veranda zu tragen, und ernannte Opa zum Festleiter.

Opa war in bester Laune. Er schlug vor, gemeinsam vor dem Essen *Wie schön, dass wir beisammen sind* zu singen, und genau in dem Moment, als das Lied zu Ende war, kamen neue Gäste.

Ein alter Mann erschien, und mit ihm eine alte Frau in einem goldenen Kleid und mit roten Haaren. Der Mann lief schnurstracks auf die grüne Kasse zu und ließ etwas hineinfallen. Dann begrüßten sie die Gäste auf der Veranda, besonders herzlich Oma und Opa. Offensichtlich kannte der Mann jedoch nicht nur Oma und Opa recht gut, sondern auch die meisten anderen Gäste. Auch Mama schien ihn zu kennen, aber sie machte ein ziemlich komisches Gesicht. Nett war sie trotzdem zu ihm.

Vildis beobachtete völlig verdattert, dass der fremde Mann sogar Tumi wie einen alten Freund begrüßte.

»Aus dir wird noch mal ein richtiger Kerl«, sagte er und tätschelte Tumi den Kopf. Auch Mama sah verwundert zu und verstand die Welt nicht mehr. Aber dann eröffnete sie einfach mit einer auffordernden Geste das Büfett.

»Wie schön, den Filialleiter hier zu haben«, sagte Opa zufrieden. »Das ist Gudbrandur, der jahrzehntelang unser Geld gehütet hat – mit ganz gutem Erfolg, wie man hier in der Gegend sehen kann.«

»Na ja, kommt drauf an«, sagte einer der Gäste, und alle lachten.

Dieser alte Mann war also der Filialleiter?! Ungläubig blickte sich Vildis um und entdeckte Tumi leichenblass hinter einem Stuhl auf der Veranda.

»Das ist ja wohl das Mindeste, den wenigen Menschen, die hier in der Gegend ein Geschäft haben, ein wenig Respekt zu zollen«, sagte der Filialleiter gerade. »Sie ist eine richtige Powerfrau, unsere Solveig. Nett von ihr, mich einzuladen.«

Die Powerfrau versuchte ein Lächeln, doch es sah eher verlegen aus, überhaupt nicht nach Mama.

Vildis zog Tumi ins Wohnzimmer.

»Bist du nicht ganz dicht? Diesen uralten Kerl soll Mama heiraten? Der noch dazu eine Frau hat. Bist du …«

Tumi fiel ihr ins Wort. »Vildis, warte mal, das ist doch der Falsche! Ich schwör's. Der Richtige ist viel jünger und heißt Hermann. Aber dieser Mann da arbeitet eben auch in der Bank.«

»Das heißt, dein Hermann wollte also nicht kommen«, sagte Vildis. »Er hat einfach den da gebeten, an seiner Stelle zu gehen.«

Tumi war am Boden zerstört. »Das traue ich ihm nicht zu«, sagte er.

Nun hatte Vildis beinahe Mitleid mit ihrem Bruder. »Ach, komm schon«, sagte sie. »Vergiss die Sache mit Hermann. Wir geben Mama jetzt ihr Geschenk.«

Tatsächlich klatschte Opa gerade in die Hände und verkündete, dass Lolla nun das einzige Geschenk überreicht bekäme, das nicht in die grüne Kasse passe. Alle warteten gespannt. Vildis nahm Vala auf den Arm, während Tumi Mama das Geschenk überreichte. Er hatte einstudiert, ihr etwas Nettes zu sagen, etwas wie: *Du bist die beste Mama der Welt* oder so, aber jetzt fiel ihm nichts ein. Rein gar nichts. Er gab ihr einfach nur das Päckchen.

»Das ist von uns allen aus der Bank … nee, ich meine, von uns allen … also, hier zu Hause«, stammelte er. »Das haben wir selbst gemacht. Oma hat uns geholfen. Amen.«

»Danke, mein Liebling«, sagte Mama und drückte ihn an sich. Dann packte sie das Geschenk aus und starrte ganz gerührt auf das Album. Unter allgemeinem Applaus umarmte Mama die Kinder und küsste sie immer wieder.

»So, jetzt möchte die kleine Vala etwas für ihre Mama singen«, sagte der Festleiter. »Sie wird sogar begleitet: Ihre Oma spielt Gitarre dazu.« Das hatte Opa heimlich organisiert.

Vala trat auf, als wäre sie eine weltberühmte Sängerin. Das Band um ihre Taille war natürlich längst abhandengekommen und ein Zipfel des Nachthemdsaums klemmte in ihrer Unterhose, doch das schmälerte ihren Auftritt nicht im Geringsten. Sie sang mit größter Hingabe aus voller Kehle *Komm, lieber Mai* und stockte kein einziges Mal im Text. Oma musste sich richtig ins Zeug legen, um mit der Sängerin Schritt zu halten. Als das Lied vorbei war, verbeugte sich Vala so, wie ihre Kolleginnen auf den Bühnen dieser Welt, und der Applaus wollte diesmal gar nicht enden.

»Jetzt singe ich alles noch mal von vorne«, sagte die Sängerin, doch Mama nahm sie auf den Arm und füllte Valas Teller, woraufhin sie alle weiteren Konzerte schlagartig vergaß.

Ob es an all dem guten Essen und Opas Rotwein lag oder an Valas Auftritt – jedenfalls wurde die Stimmung

immer lebhafter, je weiter der Abend voranschritt. Als es dämmerte, ließ Opa Vildis, Tumi und ein paar andere Kinder die Kerzen in den Marmeladengläsern anzünden, und die Lichter sahen richtig zauberhaft aus im grünenden Garten.

Einer von Mamas Freunden aus dem Naturverein hatte sein Akkordeon dabei und forderte die Gäste zum Singen auf. Alle waren satt und glücklich und froh. Mama hatte darum gebeten, dass niemand eine Rede hielt. Lange Reden findet sie stinklangweilig. Doch plötzlich klopfte jemand an sein Glas. Der Filialleiter wollte offensichtlich etwas sagen. Die alte Frau stellte sich neben ihn.

»Gut, dass er eine Frau hat«, raunte Vildis ihrem Bruder zu. »Dann kann er Mama wenigstens nicht heiraten.«

»Sei nicht so blöd. Diesen Mann meinte ich nicht, das habe ich dir doch schon gesagt«, brummte Tumi.

Zunächst dankte der Filialleiter Mama herzlich für die Einladung zu diesem vorzüglichen Fest. Das sei ein Beispiel für die gute Zusammenarbeit zwischen Bank und Geschäftsfrau. Doch dann sagte er, dass er eigentlich gar nicht mehr der Filialleiter sei. Zum nächsten Monat würde jemand anders seine Stelle übernehmen, streng genommen sei das auch bereits geschehen, er selbst sei in den letzten Wochen bloß noch da gewesen, um ihn einzuarbeiten. Der, der die Bank übernehme, sei ein exzellenter Mann. »Viel besser als ich – und ungleich eleganter«, behauptete er, und alle lachten.

Tumi packte seine Schwester am Arm. »Endlich hab ich's kapiert«, zischte er aufgeregt. »Hermann hat die Einladung nie bekommen. Sonst wäre er jetzt hier.«

»Da hat Mama ja noch mal Glück gehabt«, sagte Vildis. »Und ab jetzt lass diesen ganzen Quatsch.«

Der Filialleiter lobte jedes Haar an Mama, lobte sie für die stets pünktliche Bezahlung ihrer Rechnungen und für ihre so vernünftigen und höflichen Kinder, und dann erzählte er die ganze Geschichte von Tumis Besuch mit seiner Sparbüchse auf der Bank. »So müssen junge Männer sein«, sagte er, »an die Zukunft denken.«

Vildis guckte in Tumis Richtung und sah, dass sein Gesicht die gleiche Farbe angenommen hatte wie die Haare der Frau des Filialleiters. Knallrot.

Doch dann geschah etwas ganz und gar Unerwartetes: Der Filialleiter schloss seine Rede, indem er sich auch im Namen seiner Schwester Sesselja für die Einladung bedankte, denn Sesselja hätte darauf bestanden, mitzukommen. »Sie verfolgt mich, wohin ich auch gehe«, sagte er, »das hat sie schon immer getan.« Die Zuhörer kicherten und Sesselja lachte am lautesten von allen. »Wir wohnen immer noch zusammen, wir alten Knacker, und werden uns wohl auch in Zukunft kaum trennen.«

»Einer muss sich schließlich um dich kümmern«, rief Sesselja dazwischen. »So unmöglich schusselig, wie du bist.«

Die Gäste klatschten daraufhin fröhlich Beifall, und Opa ließ alle ihre Gläser heben und auf den alten Filialleiter und seine Schwester Sesselja anstoßen.

Dann stellte sich heraus, dass Sesselja ganz verrückt nach Töpferwaren war, also musste Mama mit ihr zur Werkstatt laufen und ihr alles zeigen. Am liebsten hätte Sesselja gleich alles gekauft, was da war, doch Mama sagte, dass das im Moment leider nicht ginge und Sesselja noch einmal wiederkommen müsse. Denn jetzt musste Mama sich um die Gäste kümmern.

Als es kühler wurde, bat sie die Gäste zu Kaffee und Omas Gebäck ins Haus, und so ging dieser überraschungsreiche Abend zu Ende. Die Leute saßen teils drinnen, teils draußen auf der Veranda und beobachteten, wie die letzten abendlichen Sonnenstrahlen in den zart belaubten Bäumen spielten. Und viele sahen sich das Album an, das die Kinder ihrer Mutter geschenkt hatten. Im Schaukelstuhl in der Ecke lag Vala, das Nachthemd um den Hals gewickelt, und schlief wie ein Stein.

Papa und seine Frau Sigga gingen zuletzt. Als alle anderen schon weg waren, saßen sie noch einen Augenblick auf der Veranda – Mama, Oma und Opa, Tumi und Vildis, Papa und Sigga, die nicht ganz so fröhlich wirkte.

»Es war wunderbar bei dir, Lolla«, sagte Papa.

»Ich hatte gute Hilfsköche«, sagte Mama und lächelte.

»Ja, du bist wirklich perfekt«, sagte Sigga und hickste.

Oma stand auf. »Komm mal eben mit mir, Sigga«, sagte sie und zog sie geradezu vom Stuhl hoch und ins Wohnzimmer.

»Wir sollten jetzt schnell nach Hause«, sagte Papa fast entschuldigend. »Sigga ist sicher erschöpft. In ihrem Laden war heute so viel zu tun.« Sigga führte nämlich ein piekfeines Modegeschäft.

Papa drückte Vildis an sich und auch Tumi kam dazu. Sie schmiegten sich an ihn und eine Weile sagte niemand etwas.

»Hör mal, Björn«, sagte Mama plötzlich, »ist es nicht mal wieder an der Zeit, dass du mit den Kindern zu deinem Vater in den Norden fährst? Er ist so einsam, seit deine Mutter gestorben ist. Heute Morgen hat er sich bei mir gemeldet. Er denkt immer an meinen Geburtstag, der Gute.«

»Au ja«, riefen die Geschwister freudig, während Papa zustimmend nickte. »Gute Idee!«

Oma und Sigga stießen wieder zu ihnen.

»Nun denn, meine gute Alte, jetzt möchte ich in die Falle«, sagte Opa.

»Du bist sicher müde«, sagte Mama an Oma gewandt.

»Nicht der Rede wert. Aber eure Kinder, die haben euch heute Abend alle Ehre gemacht – wie immer«, sagte Oma. »Richtige Musterkinder habt ihr da.«

»Sie sind wunderbar«, sagte Papa beglückt. »Aber das ist nicht mir zu verdanken.«

»Na, ein bisschen was von dir steckt schon in ihnen«, sagte Mama und streichelte ihm über den Arm.

»Wir fahren zu Opa in den Norden, sobald ihr Schulferien habt«, versprach Papa und küsste alle, bevor er ging. Auch Mama – auf die Wange.

Gut, dass sie Freunde sind, dachte Tumi. Die Eltern von Raggi haben seit Jahren kein Wort gewechselt. Raggis Mutter kreischt noch jetzt jedes Mal auf, wenn sie ein Bild von ihm sieht. Er ist nämlich manchmal in der Zeitung. In Badehosen. In seinem Fitnessstudio. Raggi sagt, dass sie sich getrennt haben, weil sein Vater nicht wollte, dass er Gudjon heißt.

»Eines habe ich jetzt kapiert«, sagte Tumi zu seiner Schwester, als die letzten Gäste gegangen waren. »Man ist ein Musterkind, wenn man seiner Mutter ein Fotoalbum zum Geburtstag schenkt.«

»Ganz genau.« Vildis lachte. »Jetzt musst du nur noch kapieren, welchen Filialleiter du nächstes Mal zu Mamas Geburtstag einlädst.«

Die Geschwister gingen ins Badezimmer.

»Ist doch gut gelaufen, findest du nicht?«, fragte Tumi mit dem Mund voller Zahnpasta.

»Meinst du das mit dem Bankmann?«, fragte Vildis.

»Das war auch ganz in Ordnung. Aber ich meinte das ganze Fest und so. Mama war richtig glücklich.«

»Hör auf, dir immer einzubilden, dass Mama unglücklich ist«, sagte Vildis. »Sie ist fast immer froh. Und das Fest war richtig super.«

»Ich war ganz schön aufgeregt«, sagte Tumi. »Am Anfang. Da wäre ich fast gestorben.«

»Dann mach halt nicht immer so einen Blödsinn«, sagte Vildis.

Tumi zuckte nur mit den Schultern und sah seine Schwester dann bittend an. »Hast du vielleicht Lust, mir ein kleines bisschen vorzulesen? Dann kann ich besser einschlafen.«

Was tut man nicht alles für so einen Quatschkopf, dachte Vildis. Es war schon ziemlich spät. Doch sie las ihm immer vor, wenn er sie darum bat, weil ihm das beim Lesenlernen half. Das Lesen fiel ihm nämlich viel schwerer als den anderen in seiner Klasse. Er bekam Spezialunterricht deswegen. Vildis hatte zuerst Angst gehabt, dass die anderen Tumi deswegen hänseln würden, doch der Lehrer hatte das alles so gut erklärt, dass es niemandem mehr komisch vorkam. Ansonsten war Tumi ja auch richtig gut in der Schule. Außerdem hatte er schon große Fortschritte gemacht, und der Lehrer meinte, dass er irgendwann auch noch richtig lesen lernen würde.

Sie legten sich in sein Bett, und Vildis fing an, das erste Kapitel aus ihrem Lieblingsbuch zu lesen, *Ronja Räubertochter*:

In der Nacht, als Ronja geboren wurde, rollte der Donner über die Berge, ja, es war eine Gewitternacht, dass sich selbst alle Unholde, die im Mattiswald hausten, erschrocken in ihre Höhlen und Schlupfwinkel verkrochen …

Sie hatte erst ein paar Zeilen gelesen, als sie sah, dass Tumi schon eingeschlafen war. Sein helles Wuschelhaar hing ihm quer über Auge und Nase. Obwohl er ihr großer Bruder war, hatte sie immer das Gefühl, sie müsse auf ihn aufpassen und ihn irgendwie beschützen. Er sah richtig süß aus, wie er da lag, ab und zu ein bisschen schnarchte oder im Schlaf lächelte.

Ob er mich genauso lieb hat wie ich ihn?, überlegte Vildis. Darüber hatte sie noch nie nachgedacht. Nicht bei Tumi. Nur bei Papa manchmal. Sie blickte einen Moment lang zum Mond: Er stritt sich mit einer dunkelgrauen Wolke, die ihm immer wieder die Sicht raubte. Dann ging sie leise hinüber in ihr Zimmer.

Sesselja kommt, und Vildis fällt ein Stein vom Herzen

Die Festtagsstimmung auf dem Wallhof hielt nach dem Geburtstag noch tagelang an. Mama war überglücklich und zufrieden, wie gut alles geklappt hatte.

Und wenn Mama so glücklich war, dann waren es auch die Kinder. So ist das einfach.

Eine ganze Reihe der Gäste rief noch einmal an, nur um Mama zu sagen, wie schön es gewesen sei, und die Kinderschar, die nach der Schule immer bei ihnen einfiel, durfte sich die Reste vom Fest schmecken lassen. Oma kam und half Mama beim Abwaschen und Aufräumen und sie belegte für die kleinen Besucher sogar noch einige Fladenbrote mit geräuchertem Lammfleisch.

Vildis hingegen sorgte sich schon wieder. Dass Mama kein einziges Geburtstagsgeschenk bekommen hatte, sondern bloß Geld für den Naturverein, gefiel ihr ganz und gar nicht. Und jetzt verschwendete Oma auch noch alles, was vom Essen übrig war, an diese immerhungrigen Freunde von Tumi.

»Sparen sieht anders aus«, sagte sie zu Oma und beobachtete mit Adleraugen, wie die Jungs die Leckerbissen in sich hineinstopften, als hätten sie noch nie im Leben etwas Essbares zwischen die Zähne bekommen.

Oma lachte. »Sieh mal, Vildis, Liebes, es ist einfach schön, zu geben, wenn man etwas zu geben hat«, sagte sie und legte ihren Arm um Vildis' Schultern. »Die Jungs sind völlig ausgehungert, Liebchen.«

»Die sind immer hungrig«, murrte Vildis. »Und wir haben halt nicht so viel Geld. Müssen immer sparen und sparen. Und dann kommen die und essen und essen.«

»Freunde sind etwas sehr Wertvolles, Vildis«, sagte Oma, »und es ist gut, dass eure Freunde herkommen und bei euch sein möchten. Auch wenn dabei ein paar Scheiben Brot draufgehen. Man sieht, dass sie sich hier wohlfühlen, und das ist gut so.«

So hatte Vildis das noch nie gesehen, und sie musste zugeben, dass Oma recht haben könnte.

Und Vildis' Sorgen sollten noch kleiner werden. Zumindest vorübergehend. Eines Tages kam nämlich Besuch auf den Wallhof: Sesselja war wieder da.

Sie war putzmunter und vergnügt und sagte, dass sie nie auf einer schöneren Feier gewesen sei.

»Ehrlich gesagt werden wir nicht oft eingeladen. Wir sind so alt und spröde«, meinte sie und lachte, dass ihre Wangen zitterten wie Ballons, aus denen die Luft herauszischte. »Ich fand es so gemütlich bei euch, dass es mir danach bei uns zu Hause überhaupt nicht mehr gefallen hat. Also habe ich angefangen, einige Dinge zu ändern, Kram weggeworfen, den ich nicht mehr ausstehen konnte. Und jetzt möchte ich bei eurer Mutter einkaufen und es uns daheim ein bisschen wohnlicher machen.«

Vildis strahlte.

»Mama hat gestern erst was aus dem Ofen geholt«, sagte sie. Vildis wusste immer genau, was Mama so machte. »Sie ist in der Werkstatt. Ich bringe dich hin.«

Sesselja war hingerissen, als sie in der Werkstatt all die schönen Dinge sah.

»Mit so etwas wollte ich auch immer mein Geld verdienen«, sagte sie. »Aber dann ist unsere Mutter gestorben und ich musste mich um den Haushalt kümmern. So war das halt. Und dann war irgendwann nur noch der Brosi da, unser Gudbrandur. Er hat sich nie um eine Frau bemüht und so bin ich auf ihm sitzen geblieben. Hübsch war er nie, der Gute, aber er ist ein feiner Kerl. Wir verstehen uns prächtig.«

Vildis hatte ein trauriges Gefühl im Bauch, als sie das hörte. Die arme Sesselja. Vildis versuchte sich vorzustellen, wie das wohl wäre: ein Leben lang auf Tumi und Vala sitzen zu bleiben, nie machen zu können, wonach ihr wäre … und zuletzt mit Tumi allein zu sein. Uralt und mit einer komischen Frisur. Vildis lief ein Schauer über den Rücken.

Mama nahm sich Zeit für Sesselja. Sie zeigte ihr, wie sie das alles so machte, und Sesselja durfte jede Ecke und jeden Winkel in der Werkstatt inspizieren: die Töpferscheibe, den Ofen, die Glasuren und alles, was man sonst noch so in einer Werkstatt braucht.

»Wie tüchtig du bist«, sagte Sesselja immer wieder zu Mama. »Und jetzt würde ich gern wissen, ob ich etwas bei dir kaufen kann.«

Mama antwortete, dass Sesselja sich in aller Ruhe etwas Schönes aussuchen solle. Sie selbst wolle in der Zwischenzeit mal eben ins Haus gehen und sich stärken, und sie bat Vildis, mitzukommen. Mama fand es immer unangenehm, den Leuten dabei zuzusehen, wenn sie sich etwas aussuchten.

»Hoffentlich kauft sie viel«, sagte Vildis in der Küche. »Das können wir gebrauchen, wo doch die Jungs ...«

Mitten im Satz brach sie ab. Sie erinnerte sich an das, was Oma gesagt hatte.

»Ich hoffe bloß, dass Sesselja etwas findet, das ihr gefällt«, sagte Mama.

Vildis fand Mamas Einstellung rätselhaft. Mama war es nämlich gar nicht so wichtig, dass die Leute große und teure Teile kauften. Am meisten freute sie sich, wenn jemand etwas fand, dass ihm richtig gut gefiel – auch wenn das nur ein klitzekleines Teil war, das nicht viel kostete. Dabei brachten die großen Teile einfach mehr Geld.

»Ich mache das nicht nur fürs Geld, meine Vildis«, sagte Mama. »In erster Linie möchte ich etwas Schönes schaffen. Das ist es, was ich gelernt habe und was ich kann. Dafür könnte ich zum Beispiel nie bei einer Bank oder in einem Büro arbeiten.«

Zum Glück, dachte Vildis und kicherte, denn sie sah auf einmal Filialleiter Brosi vor sich. Andererseits: Bei einer Bank würde Mama vielleicht mehr verdienen.

Schon komisch, diese Erwachsenen: Mama macht es glücklich, schöne Dinge aus Ton herzustellen, obwohl sie damit nicht so viel verdient wie bei einer Bank, und auch

Oma findet das völlig in Ordnung. Wer weiß – irgendwas wird da schon dran sein.

Doch als die beiden wieder in die Werkstatt kamen und sahen, was Sesselja alles kaufen wollte, bemerkte Vildis erfreut, dass sich Sesselja keineswegs nur Kleinigkeiten ausgesucht hatte.

»Diese Blumentöpfe finde ich hinreißend«, sagte Sesselja. »Ich freue mich schon, sie auf unsere Veranda zu stellen.« Sie hatte sich drei Riesenpötte ausgesucht, in braunen und grünen Farben und mit kleinen Vögeln darauf. Goldregenpfeifer. Die mag Mama so gern. Dazu hatte Sesselja noch vier Hängetöpfe mit demselben Dekor ausgewählt.

»Diese Blautöne, wunderbar.« Sesselja hatte vor lauter Begeisterung rote Wangen. »Und dieses Service«, sie deutete auf ein Geschirr-Set, »… einfach entzückend.«

Vildis fand, dass Sesselja auf einmal viel netter aussah. Ob man schön wird, wenn man schöne Dinge um sich herum hat?

»Und das Vogelbecken will ich mir auch gönnen. Der Waschzuber auf unserer Veranda hat mir nie gefallen. Der ist längst rostig und verbeult.«

Mama kam aus dem Staunen nicht mehr heraus. Vildis sah sie an und grinste von einem Ohr zum anderen. Doch Mama wirkte beinahe verlegen. Noch nie hatte sie einem einzigen Menschen so viel auf einmal verkauft.

Mama ging mit Sesselja in die Küche und bot ihr Kaffee und ein aufgewärmtes Tiefkühlschinkenhörnchen an. Sesselja war hochzufrieden.

»Jetzt rufe ich Brosi an und bitte ihn, uns zu helfen, die Sachen in die Autos zu tragen. Mein Kofferraum ist schon voll.«

Sie zückte ihr Handy und telefonierte kurz. »Wie nett es bei euch ist«, sagte sie wieder und wieder, nachdem sie aufgelegt hatte. »Ich höre erst auf, wenn es bei Brosi und mir genauso gemütlich ist wie hier.«

Als Brosi ankam, bekam er selbstverständlich ebenfalls Kaffee und Brot mit Räucherfleisch, und er ließ sich auch nicht aus der Ruhe bringen, als Sesselja bezahlte. Dabei war das nicht gerade wenig. Als Mama die Summe nannte, hatte Vildis eine Mordsangst, dass er vor Schreck einen Herzanfall bekommen würde. Einhundertsechzigtausend Kronen! Doch er fand das völlig in Ordnung. Vildis hätte ihm vor Freude fast ein Küsschen gegeben – nicht unbedingt auf den Mund, aber trotzdem.

Als Brosi mit Mamas Hilfe die Einkäufe zu den Autos geschleppt hatte, lief Mama noch einmal zur Werkstatt. Sie kam mit einer schmucken Vase in zarten Blau- und Grautönen zurück und drückte sie Sesselja in die Hand.

»Ein kleines Dankeschön«, sagte sie und verschwand in Sesseljas Umarmung.

»Ach, wie reizend von dir«, seufzte Sesselja, ganz überwältigt.

Gudbrandur verbeugte sich vor Mama und bedankte sich herzlich.

»Fahrt vorsichtig!«, rief Mama den beiden hinterher.

Dann ließ sie sich auf der Veranda in einen Stuhl plumpsen und sagte eine ganze Weile nichts.

»Damit hätte ich im Leben nicht gerechnet«, brachte sie schließlich hervor. »Ich glaube das einfach nicht. Ich dachte, ich würde diese Pötte nie verkaufen. Eigentlich habe ich sie nur zum Spaß gemacht. Nur für uns. Ich werde wohl nie erwachsen.«

»Na ja, immerhin bist du dreißig geworden«, sagte Vildis und lachte übermütig. »Aber vielleicht ist es auch mit dreißig gut, nur das zu machen, was einem gefällt.«

»Da hast du auch wieder recht«, sagte Mama und guckte glücklich zu ihrer vergnügten Tochter. Dann lachten beide wie verrückt.

In dem Moment kam Tumi klitschnass geschwitzt vom Fußballspielen zurück. Natürlich wollte er gleich wissen, warum sie denn so gute Laune hätten. Vildis erzählte ihm bereitwillig von Sesseljas Einkauf.

»Mit so einem Besuch habe ich nun wirklich nicht gerechnet«, sagte Mama. Sie schwieg einen Augenblick. Dann sagte sie: »Aber ich frage mich, warum die beiden überhaupt hier aufgekreuzt sind. Gudbrandur hat sich noch einmal für die Einladung bedankt, dabei habe ich ihn ganz bestimmt nicht eingeladen. Das verstehe ich nicht. Hm … zuerst dachte ich, Opa hätte ihn eingeladen. Aber ohne mich zu fragen, hätte er das nie getan.«

Danach war es lange still.

»Findest du es denn blöd, dass sie da waren?«, fragte Tumi schließlich.

»Nein, ganz und gar nicht«, sagte Mama. »Es war schön. Und es hat sich ja auch gelohnt«, fügte sie hinzu und grinste.

Die Versuchung war zu groß für Tumi. Solch ein Lob konnte er sich einfach nicht entgehen lassen. »Mama«, sagte er. »I-ich hab ihm eine Karte gegeben. Eine Einladungskarte. Ich durfte doch auch jemanden einladen, oder?«

Mama sah ihren Sohn verwundert an. »Doch, aber warum ausgerechnet ihn?«

»Ich kenne ihn. Weil ich mit meiner Sparbüchse auf der Bank war.«

»Ja, das hat er erzählt«, sagte Mama. »Wenn es dir nichts ausmacht, würde ich in Zukunft gerne von deinen Bankausflügen erfahren.«

Vildis hörte nervös zu. Sie hoffte, dass dieses Gespräch bald vorbei sein würde. Sie fühlte sich immer schlecht, wenn jemand etwas verschwieg.

»Er ist wirklich nett«, sagte Tumi.

»Ja, das ist er«, sagte Mama. »Er war so glücklich, dass er fast mit mir geflirtet hätte.«

Vildis schreckte auf. »Aber du willst ihn doch nicht heiraten«, brachte sie mühsam über die Lippen.

Überrascht guckte Mama Vildis an, dann lehnte sie sich zurück und lachte, dass ihr die Tränen nur so über die Wangen kullerten.

»Nein, meine Vildis, ich heirate niemanden, und schon gar nicht Gudbrandur.«

Am Abend kam Tumi in Vildis' Zimmer.

»Jetzt ist doch alles gut, oder?«, fragte er. »Zumindest habe ich nicht geschwindelt.«

»Du hast ihr aber auch nicht alles erzählt«, sagte Vildis. »Nennst du das *nicht schwindeln*?«

»Nee. Aber du hast ja zum Glück nicht gepetzt«, sagte er. »Man kann halt nicht immer alles sagen. Und trotzdem schwindelt man nicht.«

»Dann hör aber auch wirklich mit dem Blödsinn auf«, sagte Vildis energisch. »Mama will niemanden heiraten. Du hast gehört, was sie gesagt hat.«

»Aber trotzdem habe ich das toll gemacht, stimmt's? Mama hat wegen mir richtig gut verdient«, sagte Tumi und machte ein hoffnungsvolles Gesicht.

Vildis versuchte, etwas netter zu sein. Im Grunde konnte sie ihm gar nicht so richtig böse sein. »Doch, doch, das war vermutlich ganz okay«, sagte sie und drehte sich zur Wand.

»Ich möchte wirklich nicht, dass Mama Gudbrandur heiratet«, versicherte ihr Tumi. »Das schwöre ich.«

»Schon klar«, sagte Vildis.

Erleichtert ging Tumi zurück in sein Zimmer. Auf Vildis konnte man sich wirklich hundertprozentig verlassen.

Im Vorbeigehen hörte er, dass Mama irgendeine Pipidiskussion mit Vala führte.

»Das ist bloß Regen«, hörte er Vala sagen.

Wie gesagt: Alles war, wie es sein sollte. Aber es könnte sich auch ruhig mal etwas ändern, dachte Tumi, als er ins Bett kroch.

Während Mama in die Berge reist, geht es auf dem Wallhof (halbwegs) entspannt zu

Tumi musste sich wohl oder übel damit abfinden, dass es noch etwas dauern würde, bis Mama sich einen Mann suchte. Jedenfalls wollte er sich deswegen nie wieder in eine so verflixte Lage bringen. Zudem hatte er den Eindruck, dass Mama an alles andere dachte, außer an Männer. Und selbst wenn er jede Krone, die ihm in die Hände fiel, in seine Sparbüchse steckte, würde es Tage und Jahre dauern, bis er wieder einen Grund hätte, zur Bank zu gehen.

Wenigstens konnte er sicher sein, dass sie keinen von den Männern heiraten würde, die nach Island gekommen waren, um mit dem Naturverein dagegen anzukämpfen, dass an irgendeinem Fluss im Osten des Landes ein Kraftwerk gebaut wurde. Sie kamen aus dem Ausland und waren ziemlich abgedreht, fand er. Die Haare hingen ihnen bis über die Augen und die meisten sahen eher gammelig aus.

»Unsinn«, meinte Mama. »Das sind gute und umsichtige Menschen, die nicht zulassen, dass unsere Erde zerstört wird. Weder in Island noch anderswo.« Eine der Frauen rauchte zwar Zigaretten, aber wenigstens schnipste sie den Stummel nicht einfach in die Gegend, wie Guffis Vater es immer tat.

Und jetzt wollte Mama also mit diesen Leuten in den Osten fahren, um gegen das Kraftwerk zu demonstrieren. Tumi fand das völlig absurd. Klar, sie alle mussten die Natur schützen. Aber trotzdem – er war dagegen, dass sich Mama deswegen in den Bergen und in der Einöde herumtrieb. Mütter sollten sich in diese Dinge nicht einmischen. Zumindest seine nicht. Er kannte keine andere Mutter, die ständig demonstrierte.

»Wenn alle aufstehen und demonstrieren würden, dann gäbe es keine zerstörten Landschaften«, sagte Vildis. Sie ist eigentlich immer einer Meinung mit Mama.

»Aber es stehen halt nur ein paar Menschen auf«, sagte Tumi.

»Das ist das Problem«, sagte Vildis. »Viele sind einfach Dummköpfe und denken nicht nach.«

Den ganzen Juni über hatte es geregnet. Ein öder Sommer, fanden die Kinder. Sie hatten viel Zeit im Haus zubringen müssen. Fußball gespielt hatte Tumi natürlich trotzdem bei jedem Wetter, und er war jeden Tag dreckig und durchnässt mit der ganzen Mannschaft nach Hause gekommen. Die Jungs verteilten überall im Haus Klümpchen vom Kunstrasenplatz, die unter den Fußballschuhen klebten, und Vildis hörte nicht auf, sich darüber aufzuregen. Schließlich bewegte sie Mama dazu, den Jungs zu sagen, dass sie ihre Schuhe draußen auf der Treppe ausziehen sollten. Zu dem Preis, dass hinterher keiner mehr wusste, wem welche Schuhe gehörten. Am Ende saß Tumi mit viel zu kleinen Schuhen da und Mama musste ihm wohl oder übel neue kaufen. Tumi vermutete, dass Gudjon, genannt Raggi, in seinen Schuhen auf die Kanarischen Inseln gefahren war.

Und dass auch Oma und Opa ihren Urlaub auf den Kanaren verbrachten, hatte diesen missratenen Sommer nicht besser gemacht. Doch zum Glück waren sie nun wieder zurück, und Opa hörte gar nicht mehr auf, sich darüber zu freuen, wieder auf dem Wallhof zu sein. Er sagte, dass er noch nie etwas so Sterbenslangweiliges erlebt habe, wie am Strand herumzuhängen und in die Luft zu starren oder das Hinterteil eines dicken Touristen anzugaffen, der direkt neben ihnen lag. Oma hingegen war begeistert.

»Wir haben so viele nette Leute kennengelernt«, sagte sie. »Wir waren sogar bei einem ganz sympathischen Ehepaar aus Island zum Essen eingeladen.«

»Da gab's vielleicht Delikatessen«, sagte Opa unwirsch. »Pferdewurst mit zerlassener Butter – so eine Hausmannskost kann ich genauso gut zu Hause essen.«

»So etwas hättest du bei mir nie bekommen«, sagte Oma und lachte.

Mama prustete los. »Hatten die etwa Würste dabei?«, fragte sie.

»Jaja. Und halb getrockneten Fisch«, brummte Opa.

»Manche Menschen sind verrückt«, stellte Vildis fest.

»Da sagst du was Wahres«, stimmte ihr Opa zu.

»Es sind nun mal nicht alle gleich«, sagte Oma.

»Nein, Gott sei Dank«, sagte Opa.

Und nun wollten Oma und Opa das Haus hüten, während Mama demonstrieren ging. Die Kinder fanden das toll. Wenn Oma und Opa auf dem Wallhof das Sagen hatten, gab es jede Menge Ausnahmen.

»Heute Abend essen wir Abendessen«, sagte Opa vergnügt, und die Kinder lachten sich kringelig. »Eure Großmutter kocht und ich unterhalte euch in der Zwischenzeit. Und es steht weder halb getrockneter Fisch noch Wurst auf dem Speiseplan.«

Als Mama aufgebrochen war, ging es am Abendbrottisch munter zu. Nachdem sie unzählige panierte Koteletts mit Kartoffelsalat verdrückt hatten, holten Oma und Opa ein Paket voller Geschenke hervor, die sie für die Kinder von den Kanaren mitgebracht hatten. Vildis bekam ein Handarbeitskästchen mit bunten Perlen, Bändern, Schneckenhäusern, Muscheln und allem möglichen anderen Krimskrams darin, und außerdem noch einen Badeanzug, den sie dringend brauchte. Die Jungs versuchten nämlich immer, den Mädchen die Bikinihöschen runterzuziehen, deswegen hatten sie beschlossen, einfach Badeanzüge zu tragen. Dann würden sich die Jungs im Schwimmbad einen anderen Zeitvertreib suchen müssen. Eines der Mädchen hatte vorgeschlagen, auch den Jungs die Badehosen runterzuziehen, doch diese Idee stieß auf kein großes Interesse. Die Mädchen wollten lieber nicht sehen, was die Jungs in ihren Hosen hatten.

Vala bekam eine Puppe und einen Puppenwagen, Tumi einen Fußball, ein Tennisnetz und eine Schippe. Und dann hatte Opa noch ein tolles Buch über die Kanarischen Inseln für sie alle gekauft. Das blätterten sie gemeinsam durch, während Oma in der Küche mit einer Freundin telefonierte.

Nach dem Essen machte Opa einen langen Spaziergang mit Tumi und Vildis durch die Lavalandschaft. Er zeigte ihnen alle möglichen Moose, Flechten und Kräuter, die dort wuchsen, und erklärte ihnen, wie die Lava vor vielen Tausend Jahren geflossen war. Dann sollten sie sich auf den Rücken ins Moos legen, weil Opa am Himmel Federwolken entdeckt hatte.

»Seht mal, Kinder«, erklärte er, »das sind Federwolken, die sind hoch oben am Himmel und sehen besonders zart aus, fast wie durchsichtige Seide. Das Wasser darin ist zu Eiskristallen gefroren. Genau wie bei den Schäfchenwolken. Früher haben die Leute solche Wolken immer *Marienwolle* genannt und gesagt, dass die Jungfrau Maria da oben ihre Wolle zum Trocknen ausbreitet.«

»Du weißt so viel«, sagte Vildis und sah ihren Opa voller Bewunderung an.

»Ich mag das Moos«, sagte Tumi. »Außer mir findet das niemand so schön, glaube ich.«

»Doch, ich auch«, widersprach Vildis.

»Genau das ist es, was eure Mutter beschützen will«, sagte Opa, und die Kinder freuten sich darüber, dass Opa gut fand, was Mama tat. »Unsere Natur ist das Beste, was wir haben.«

Zu Hause spielte Vala vergnügt mit der neuen Puppe im Kinderzimmer, während Oma wie ein Murmeltier schlief, mit dem aufgeschlagenen *Willi Wiberg* auf dem Gesicht.

»Sie denkt, dass sie immer noch am Strand ist«, sagte Opa und lachte. »Genau so lag sie dort auch immer.«

»Ich habe auf Oma aufgepasst«, sagte Vala stolz. »Sie hat die ganze Zeit geschlafen.«

»Ja, das hat sie auf den Kanaren auch getan«, sagte Opa.

Als die arme Oma vom allgemeinen Gekicher aufwachte, war ihr das ziemlich unangenehm.

»Dir kann man wahrlich keine Kinder anvertrauen«, sagte Opa. Doch als er sah, dass sie wirklich ein schlechtes Gewissen bekam, streichelte er ihr über die Wange.

Tumi fand das schön. Opa guckte Oma manchmal so lieb an, wenn er sie streichelte.

Zu Mama ist niemand so lieb, dachte er. Nicht so. Kein Erwachsener.

Als sie sich später die Nachrichten im Fernsehen ansahen, schrie Vala plötzlich auf: »Da ist Mama!«

Und da war sie wirklich. Sie stand da und hielt eine Leiter fest, auf die gerade ein Mann stieg. Er und eine junge Frau spannten ein Transparent zwischen zwei Masten, auf dem ISLAND SCHÜTZEN stand. Ein schwieriges Unterfangen, da es wie aus Kübeln schüttete und gehörig stürmte. Der Nachrichtensprecher sagte, dass die Gruppe

die ganze Nacht dort bleiben würde, und tatsächlich waren rundherum jede Menge Zelte aufgebaut.

»Herrje, warum muss meine Lolla da nur mitmachen?«, murmelte Oma vor sich hin. »Bei diesem Wetter.«

Opa sah sie an. »Nu hör mal«, sagte er. »Um unsere Insel sollten wir uns doch wohl bei jedem Wetter kümmern, oder?«

»Meinst du, dass wir jetzt gehänselt werden, Vildis?«, fragte Tumi.

»Warum solltet ihr denn gehänselt werden?«, wunderte sich Opa.

»Na ja, ein paar Kinder haben uns mal gehänselt, weil Mama bei solchen Demos mitmacht«, sagte Vildis. »Aber mir ist das ganz egal.«

»Mir ist das auch ganz egal«, sagte Vala. »Ich möchte im Oma-und-Opa-Bett schlafen.«

»Ihr Lieben, nehmt euch das nicht zu Herzen, wenn sich irgendwelche Dummköpfe über Menschen lustig machen, die für eine gute Sache kämpfen. Ihr hättet mal sehen sollen, wie sich die Leute aufgeführt haben, als Oma und ich hier früher demonstriert haben«, sagte Opa.

»Ihr habt demonstriert?«, fragte Tumi ungläubig.

»Und wie!«, bekräftigte Opa.

»Und gegen was habt ihr demonstriert?«, fragte Tumi.

»Tja, gegen alles Mögliche«, sagte Opa und wurde auf

einmal richtig munter. »Gegen den amerikanischen Militärstützpunkt, niedrige Löhne, den Einmarsch der Russen in die Tschechoslowakei und so weiter und so fort. Ich will euch sagen, wie sich manche Leute aufgeführt haben. Einmal hat ein völlig übergeschnappter Mann eure Oma mit einem Ei und mich mit einer Tomate beworfen. Aber dem Rüpel habe ich's gezeigt. Die Tomate habe ich in der Luft aufgefangen und vor seiner Nase verputzt.«

Die Kinder quietschten laut auf, als sie das hörten.

»Aber eure Oma hat das Ei in die Haare bekommen«, erzählte Opa weiter. »Und sie war stinkwütend, weil sie eine frische Dauerwelle hatte.« Er lachte ganz tief aus dem Bauch heraus, wie er es manchmal tat.

»Das war überhaupt nicht angenehm. Schließlich war das kein Spiegelei«, sagte Oma, während die Kinder vor lauter Lachen kaum noch Luft bekamen. »Ich war völlig verschmiert.«

»Eure Großmutter war so fuchsteufelswild, dass ich Angst hatte, sie würde auf den Schuft losgehen«, sagte Opa.

Die Kinder konnten sich kaum vorstellen, dass sich Oma mal mit einem Eier werfenden Rüpel prügeln wollte.

»Wart ihr denn ganz anders, als ihr jung wart?«, fragte Tumi.

»Tja, mag sein, dass wir mit dem Alter etwas ruhiger geworden sind«, sagte Opa.

»Meinst du, dass jemand Mama mit Eiern bewirft?«, fragte Tumi besorgt.

»Das glaube ich kaum. Niemand hat Lust, auf einen Berg zu steigen, nur um ein paar Leute mit Eiern zu bewerfen«, sagte Opa. »Aber noch weniger haben die Leute anscheinend Lust, gegen dumme Entscheidungen zu demonstrieren. Was soll's, reden wir lieber über etwas Schönes.«

Er ging raus, und als er zurückkam, hatte er eine große Tüte dabei, aus der er alle möglichen Süßigkeiten von den Kanaren hervorzauberte: Schokolade, Lollis und Karamell, und jeder durfte essen, so viel er wollte.

»O Mann, wenn Mama das wüsste«, sagte Vildis. »Dann würde sie garantiert wieder sagen, dass wir allesamt noch einen Zuckerschock kriegen.«

Später konnte Tumi nicht einschlafen. Er sorgte sich wegen Mama, die dort oben in den Bergen ihr Zelt aufgeschlagen hatte, mitten im Unwetter. Es wäre etwas anderes, wenn sie einen Mann wie Opa an ihrer Seite hätte, an dem sie sich wärmen könnte. Er stand auf und schüttelte seine Sparbüchse, doch es rappelte kaum.

Hermann macht sich vor Lachen in die Hose, wenn ich damit in die Bank komme, dachte er traurig. Und außerdem setze ich keinen Fuß in diese Bank, solange Gudbrandur noch da ist.

Besuch auf dem Wallhof

An diesem Samstagmorgen ging es auf dem Wallhof ganz gemütlich zu. Die Kinder trudelten nach und nach in der Küche ein, wo Oma bereits den Tisch gedeckt hatte, als gäbe es schon wieder einen Geburtstag zu feiern: Vom Herd duftete es nach heißem Kakao, auf dem Tisch standen Kannen voll Saft und Opa war zum Bäcker gelaufen und hatte frisches Brot und warme Brötchen geholt. Auf einem großen Teller lagen außerdem Käse und mehrere Sorten Wurst und Schinken, die Oma von den Kanaren mitgebracht hatte.

»Wow!«, platzte es aus Tumi heraus.

»Das gefällt dir, was?«, sagte Vildis.

»Mhm, ich bin halt so ein Genieß… Wie hast du mich noch mal genannt, Opa, als ich den Seehasenkaviar gegessen habe?«

»Genussmensch«, sagte Opa und lachte. »Probiert mal eine Scheibe von der Pferdewurst. Eure Oma findet die besonders lecker.«

Oma hatte die Zeitung vor sich auf dem Tisch ausgebreitet. »Hört nicht auf euren Opa«, sagte sie. »Der redet nur Unsinn.« Auf einmal schrie sie auf: »Seht mal! Hier sind sie!«

»Wer?«, fragte Vildis, obwohl sie sich schon denken konnte, wen Oma entdeckt hatte.

»Eure Mutter und die anderen«, sagte Oma aufgeregt.

Alle stürzten sich auf die Zeitung und tatsächlich: Ein recht unscharfes Foto zeigte eine Gruppe Menschen mit Schildern und Transparenten. Auch die Polizei war da.

»Was machen denn diese Polizisten da?«, fragte Tumi mit ungewöhnlich leiser Stimme.

»Sieht so aus, als würden sie die Demonstranten bitten, aus dem Weg zu gehen, damit irgendwelche Arbeitsmaschinen vorbeikönnen«, sagte Oma.

»Werden sie verhaftet?«, fragte Tumi zaghaft.

»Ach was, ganz bestimmt nicht«, sagte Opa munter. »So, nun esst mal.«

»Wenn Mama ins Gefängnis kommt, haue ich ab und komme nie wieder zurück«, verkündete Tumi trotzig.

»Tschüss«, sagte Vildis flapsig.

Doch bevor Maßnahmen getroffen werden konnten für den Fall, dass Mama doch ins Gefängnis musste, klingelte es an der Tür. Und wenn diese Pfundsklingel klingelte, konnte das niemand überhören, denn sie schrillte, als wollte sie eine ganze Armee zu den Waffen rufen. Mama musste sie ja schließlich auch in der Werkstatt noch hören, aber manche Besucher erschraken bei dem Lärm ganz fürchterlich. Ein dicker Mann hatte einmal vor Schreck einen Satz nach hinten gemacht und sich prompt auf den Hosenboden gesetzt. Die Kinder fanden, dass ihm das recht geschehen war, denn er war gekommen, um den Fernseher mitzunehmen, weil Mama vergessen hatte, irgendeine Rechnung zu begleichen. Ein richtiger Mistkerl. Aber der ließ sich zum Glück nie wieder blicken.

»Lauf zur Tür, Schatz«, sagte Oma zu Vildis.

Vildis ging zur Tür und sie hörten sie mit einem Mann sprechen.

»Bitte den Herrn doch herein, Vildis, Liebes«, rief Oma.

Vala war als Letzte in die Küche gekommen. Sie saß, immer noch ganz verschlafen, auf Opas Schoß und drückte den inzwischen wollmausfreien Teddy an sich.

Vildis betrat die Küche und warf Tumi einen vorwurfsvollen Blick zu. Hinter ihr war – Hermann, der neue Filialleiter höchstpersönlich. Vildis guckte, als hätte Tumi ihn herbeigezaubert.

»Hey, das ist ja toll!«, begrüßte Tumi den Filialleiter. Er freute sich natürlich.

Hermann entschuldigte sich für die Störung am Samstagmorgen, doch er sei zum Geburtstag seiner Tante eingeladen und habe keine Ahnung, was er ihr schenken solle. Er würde ihr so gerne etwas richtig Schönes schenken und da sei ihm die Werkstatt auf dem Wallhof eingefallen.

»Ist deine Mutter denn zu Hause?«, fragte er Tumi.

Der wurde ganz steif auf seinem Stuhl. Er ärgerte sich schwarz. Warum konnte Mama nicht zu Hause sein, jetzt, wo Hermann endlich zu Besuch war und zudem auch noch etwas in der Werkstatt kaufen wollte? Was ging es sie schon an, ob ein paar Wasserfälle als Stromquelle genutzt wurden oder nicht? Tumi beschloss, Hermann lieber nicht zu sagen, wo Mama war. Sonst würde der sicher nichts mehr mit ihr zu tun haben wollen. Hermann war nicht so ein Schluffi wie Mamas ausländische Naturfreunde.

»Sie ist mal eben in die Stadt gefahren«, schwindelte Tumi.

»Durch die Werkstatt kann ich dich auch führen«, sagte Vildis. »Ich bin oft mit Mama dort. Komm, ich bringe dich hin.«

Also gingen die beiden gemeinsam zur Werkstatt, und Vildis sagte Hermann, dass er sich in Ruhe umschauen und gucken solle, ob er etwas fand, das ihm gefiel – genau wie Mama es immer zu ihren Kunden sagte.

»Nein, bleib unbedingt hier und hilf mir, etwas Schönes auszusuchen …«, bat Hermann, »… für eine fünfzigjährige Tante, die lustigste in der ganzen Stadt. Wenn sie gerade nicht beim Linientanz ist, dann garantiert beim Bauchtanz.«

»Da weiß ich was«, sagte Vildis eifrig. »Mama hat neulich Perlenketten gemacht, die sind total schick. Guck, hier! Sie kann sie entweder um den Hals oder um Taille und Bauch tragen. Deine Tante, meine ich.«

Hermann sah abwechselnd Vildis und die bunten Perlenketten an, als wäre er nicht sicher, ob man quirligen Tanten solche Ketten schenken konnte, aber dann sagte er: »Doch, du hast recht. Ich bin sicher, dass sie ihr gefallen. Ich nehme gleich zwei.«

Vildis suchte eine hübsche Schachtel für die Ketten aus, und als sie das Geld entgegennahm, fühlte sie sich richtig erwachsen.

Hermann hatte sich zu den anderen am Küchentisch gesellt und Oma bot ihm alle möglichen Leckereien an. Er war sehr zufrieden mit dem Geburtstagsgeschenk und blieb noch eine ganze Weile sitzen, um mit Oma und Opa zu plaudern. Tumi starrte ihn an und saugte jedes Wort von Hermann regelrecht auf.

»So einladend sieht der Frühstückstisch bei mir und den Jungs nicht aus«, erzählte Hermann gerade. »Meine beiden Schlackse nehmen, was gerade da ist, und schlingen es auf dem Weg zur Schule runter. Was das angeht, bin ich ein bisschen zu nachlässig.«

»Müsstest du dir nicht einfach nur eine neue Frau suchen?«, rutschte es Tumi heraus.

Hermann brach in lautes Gelächter aus. »Da sagst du was«, sagte er schließlich. »Nein, ich müsste die Jungs einfach nur besser erziehen. Und mich selbst auch.«

Vildis horchte auf. Das war zu schön, um wahr zu sein. Hermann suchte gar keine Frau! Jetzt konnte Tumi den ganzen Unfug vergessen. »Unsere Mama will auch keinen Mann«, sagte sie. »Sie findet es gut, nur uns drei zu haben.«

»Das bekommt sie ja auch ganz gut hin«, erwiderte Hermann, der sich umschaute und anerkennend nickte.

Und bevor Tumi auch nur ein einziges weiteres Wort über Hermanns Frauenlosigkeit abgeben konnte, sagte Vildis: »Mama ist gerade in den Bergen und demonstriert.«

Hermann guckte zu Tumi, der feuerrot wurde. »Gut, dass sie das tut«, sagte er.

»Findest du solche Demonstrationen etwa in Ordnung?«, fragte Tumi atemlos. »Und solche Naturvereine auch?«

»Aber sicher«, sagte Hermann. »Es ist doch gut, dass es Menschen gibt, die sich für Naturschutz interessieren und sogar etwas dafür tun … So, und jetzt muss ich los. Danke für alles. Es war schön, euch kennenzulernen.«

»Vergiss das Geschenk nicht«, sagte Vildis.

»Du hättest ihm wirklich nicht unter die Nase reiben müssen, wo Mama ist«, warf Tumi seiner Schwester vor, als Hermann gegangen war.

»Und du musst mit dem Schwindeln aufhören«, sagte Vildis.

»Schwindeln lohnt sich nie, meine Lieben«, sagte Opa. »Mein Vater hat immer gesagt: Um eine Lüge glaubwürdig zu machen, braucht man sieben weitere. Ein Mann aus unserer Gegend war so verlogen, dass ihm niemand mehr glaubte, als er eines Tages meinte, ein Angelhaken würde in seiner Pobacke stecken. Es hat mehrere Tage gedauert, bis seine Frau ihm endlich glaubte und ihn zum Arzt brachte, und da war sein Hintern schon gelb und blau und der Mann fast über den Jordan.«

Die Kinder prusteten los. Selbst Oma musste lächeln, was sie nicht immer tat, wenn Opa Geschichten erzählte –

oder Unfug, wie sie es nannte. Doch mit einem Mal hörte sie auf zu lachen.

»Wo ist denn unsere Vala?«, fragte sie.

»Sie wird in ihrem Zimmer oder sonst wo sein«, sagte Opa. »Seht mal nach, ob sie sich nicht in die Werkstatt geschlichen hat.«

»Das kann nicht sein«, sagte Vildis entschieden. »Ich habe vorhin hinter uns abgeschlossen.«

Sie riefen um die Wette, Tumi rannte in den Garten, Vildis lief von Zimmer zu Zimmer, und Oma sah in der Höhle nach, doch Vala blieb unauffindbar. Als hätte sie sich in Luft aufgelöst. Es konnte sich auch niemand erinnern, wann genau sie eigentlich vom Tisch verschwunden war. Sie waren ja die ganze Zeit mit Hermann beschäftigt gewesen.

Jetzt wurden sie jedoch von einer kalten Angst gepackt, die sich schon bald in Panik wandelte.

»Heiliger Gott im Himmel, was ist dem Kind bloß zugestoßen?«, stöhnte Oma, aber niemand wusste eine Antwort. Einen Moment lang standen sie ratlos auf der Veranda und spähten in alle Richtungen.

Der Fuß des Berges Esja war in einen leichten Nebelschleier gehüllt, doch der Himmel war wolkenlos und in der Luft lag der kräftige Duft von frisch gemähtem Gras. Vildis versuchte zu verstehen, wie die Welt so schön sein konnte, obwohl doch Vala verschwunden war. Ob die Welt auch dann so schön ist, wenn jemand stirbt? Zum Beispiel Hermanns Frau? Diesen Gedanken konnte sie nicht zu Ende denken, sie wollte es nicht.

»Wir müssen Papa anrufen«, sagte sie.

Und was ist mit Vala passiert?

… das wusste niemand.

Inzwischen waren sie überall herumgerannt, hatten den Garten und die Höhlen durchkämmt und Opa hatte die Lava in der Nähe der Häuser abgesucht. Nach und nach hörten die Nachbarn die Rufe. Alle wollten erfahren, was denn los wäre, und nun strömten die Leute herbei, um bei der Suche nach Vala zu helfen.

»Das Kind kann noch nicht weit sein«, sagte Oma, die leichenblass war und Opa mit angsterfülltem Blick ansah.

»Ganz genau, also reg dich nicht auf, wir finden sie«, beruhigte er.

Tumi hatte Papa angerufen, doch es war Sigga, die ranging.

Papa sei beim Golfen, sagte sie. Und dort würde er das Handy immer ausschalten.

Tumi merkte, wie in ihm die Wut hochkochte. Nie wieder würde er mit Papa reden. Was nützte schon ein Vater, der nie da war, wenn man ihn brauchte? Genau so war es auch gewesen, als Vildis sich den Arm gebrochen hatte. Mama hatte Papa angerufen, aber der war angeln gewesen. Und er hatte auch noch nicht gesagt, wann genau er mit ihnen zu Opa in den Norden fahren würde.

»Ich kann mit dem Hund kommen«, schlug Sigga vor, doch Tumi legte einfach auf.

Die Männer aus der Nachbarschaft organisierten bereits die Suche in der Lava und sogar die Jugendlichen aus dem Viertel wurden aus den Federn gescheucht. Schlaftrunken und verwirrt stolperten sie an diesem schrecklichen Samstagvormittag herbei.

Vildis und Tumi liefen die ganze Gegend ab und schrien wie verrückt. Vildis hatte zu weinen begonnen, und Tumi musste sich zusammenreißen, um nicht auch loszuheulen.

Der Junge, der ihn kürzlich auf dem Spielplatz in die Tonne gesteckt hatte und jetzt auch bei der Suche half, sollte ihn bloß nicht weinen sehen.

Nach etwa einer Stunde ging Guffis Vater zu Opa und sagte, dass es nun doch mal angebracht wäre, mit der Polizei zu sprechen. Und sei es nur, um ein paar gute Ratschläge zu bekommen. Oma wurde noch blasser, und Opa, der sich inzwischen wohl doch ziemlich sorgte, stimmte Guffis Vater zu.

»Wo ist denn die Mutter von den dreien?«, wollte Guffis Vater wissen.

»Die ist nicht zu Hause«, sagte Opa. »Sie ist mit Umweltschützern in den Bergen. Wir sorgen derweil für die Kinder.«

»Tja-ja«, sagte der Mann. »Die Frauen haben eben heutzutage keine Zeit mehr, sich um Haus und Hof zu kümmern.«

»Solveig kümmert sich besser als so manch andere um ihr Zuhause«, sagte Opa ziemlich scharf.

»Meine ist gerade bei irgendeinem Weibertreffen in der Walachei«, sagte Guffis Vater, »und ich muss zusehen, dass die Kinder was zu essen bekommen.«

»Na, da hat man dir ja was aufgebürdet«, kommentierte Opa trocken.

Inzwischen waren zwei Polizeibeamte eingetroffen und

bald kamen auch Männer vom Rettungsdienst. Einer hatte einen großen Hund dabei, und sie machten sich gleich daran, die Suche professionell zu organisieren.

»Was sollen wir tun?«, fragte Oma. »Müssen wir nicht versuchen, Lolla zu erreichen?«

»Nein, nein, lass uns noch warten«, sagte Opa. »Sie braucht Stunden, um herzukommen, und würde vor Angst durchdrehen.«

In der Zwischenzeit verschwanden die Männer einer nach dem anderen und schwärmten in alle Richtungen aus.

Oma holte Kaffee für sich und Opa und sie setzten sich mit Tumi und Vildis auf die Veranda. Vildis war in Tränen aufgelöst. Opa nahm sie in den Arm und versuchte vergeblich, sie zu beruhigen.

»Ich hätte auf sie aufpassen müssen«, schluchzte sie.

»Wir alle hätten nach ihr schauen müssen«, sagte Opa. »Aber es ist trotzdem unbegreiflich, dass das Kind nicht zu finden ist.«

Sie zuckten zusammen, als die lauteste Klingel des Viertels geläutet wurde.

Tumi lief zur Tür und öffnete. Draußen stand Hermann und guckte verwundert zum Polizeiauto, das in der Einfahrt stand.

»Ich muss meine Brille bei euch auf dem Küchentisch vergessen haben«, sagte er. Das hatte er tatsächlich, trotzdem fiel Tumi ausnahmsweise nichts ein, was er zu Hermann hätte sagen können. Er stand bloß da und sah zu, wie Hermann die Brille in das Etui steckte. Sollte er den Filialleiter zu Oma und Opa auf die Veranda bitten?

Auch Hermann sagte nichts, sondern beobachtete bloß durchs Küchenfenster, wie einer der Polizisten mit einem Mann sprach, der gerade in den Garten gekommen war.

»Was ist hier eigentlich los?«, fragte Hermann. »Ist etwas passiert?«

»Ja«, stieß Tumi hervor. »Vala ist weg. Alle suchen nach ihr.«

»Vala? Eure kleine Schwester?«

»Ja, genau die«, sagte Tumi.

»Aber sie saß doch vorhin noch bei euch am Tisch«, sagte Hermann. »Weit kann sie ja eigentlich nicht sein. Sie saß dort, gerade erst aufgewacht, mit ihrem Teddy im Arm.« Er wartete gar nicht erst darauf, dass man ihn auf die Veranda bat, sondern ging hinaus zu Oma und Opa, wo er sich mit ernster Miene zu ihnen setzte. Sie überlegten nun gemeinsam, wohin Vala gelaufen sein könnte, kamen aber zu keinem Ergebnis. Der Mann vom Rettungsdienst ließ den Hund an Kleidern von Vala schnuppern, die Oma ihm gegeben hatte, doch das Tier drehte sich nur im Kreis und lief dann hektisch hin und her.

»Ich war auch mal beim Rettungsdienst«, sagte Hermann nachdenklich. »Da hat man uns beigebracht, dass man überlegen soll, was die vermisste Person getan hat, als sie zuletzt gesehen wurde. Vala saß ganz still und ruhig am Küchentisch, als wäre sie noch nicht so richtig wach. Sie hat bloß ihren Teddy an sich gedrückt, als hätte sie Angst, ihn zu verlieren.«

»Der war ja auch eine ganze Weile weg«, sagte Tumi.

»Und wo habt ihr ihn wiedergefunden?«, fragte Hermann.

»Unter meinem Bett«, sagte Tumi. »Da hatte er mehrere Monate lang gelegen.«

Mit einem Mal hörte Vildis auf zu weinen und starrte ihren Bruder an. Und auch Tumi starrte seine Schwester an, denn ihnen war haargenau dasselbe eingefallen. Das passierte manchmal, dass sie im selben Moment genau das Gleiche dachten.

»Komm mit«, rief Tumi, und sie rannten ins Haus.

Es vergingen nur wenige Sekunden, bis Tumi wieder zurückkam.

»Sie ist unter meinem Bett. Schläft tief und fest.«

Oma und Opa sprangen auf und Hermann stürzte hinter ihnen her. Er langte unter das Bett und zog Vala vorsichtig hervor. Sie hatte tatsächlich geschlafen und war noch ganz durcheinander. In ihrem Arm lag in himmlischer Ruhe der Teddy, der immer noch ein bisschen traurig aussah.

Oma drückte Vala an sich und wollte gar nicht mehr aufhören, sie zu küssen und zu knuddeln.

»Kindchen, Kindchen«, sagte sie immer wieder.

Der Rettungsmann mit dem Hund zückte sein Handy und innerhalb kürzester Zeit war der gesamte Suchtrupp im Garten versammelt.

»Wo war das Kind denn nun?«, fragte Guffis Vater mürrisch.

»Papa hat seinen großen Zeh an einem Stein gestoßen und stirbt fast deswegen«, sagte Guffi und guckte mit hungrigen Augen in Richtung Küche.

»Was hast du denn unter dem Bett gemacht?«, fragte Oma und streichelte Vala zärtlich über die Wange.

»Ich wollte den Teddy wieder alt machen«, sagte Vala, die den ganzen Tumult nicht verstand. »Mit grauem Krausefell und so.«

Opa fing lauthals an zu lachen. »Das hätte ganz schön gedauert«, sagte er, und alle stimmten mit ein. Es war fast so, als hätte zuvor ein ganzes Jahrhundert lang niemand mehr in diesem Haus gelacht. »Ohne dich wären wir aufgeschmissen gewesen«, sagte Tumi und guckte Hermann an. »Weil du von dem Teddy gesprochen hast.«

Jetzt fängt der schon wieder damit an, dachte Vildis und warf ihrem Bruder einen genervten Blick zu. Aber sie sagte nichts.

Oma wollte gerade dem Suchtrupp in der Küche eine Erfrischung anbieten – Guffi war bereits dort –, als die Klingel schon wieder losschrillte. Guffi war als Erster an der Tür und hereingerauscht kam Sigga mit Glamur, ihrem Hund, vor dem die Kinder normalerweise eine Riesenangst hatten. »Irgendwen muss ich ja haben, wenn es schon keine Kinder sind«, hatte Sigga einmal gesagt. »Kinder wären besser«, hatte Vildis darauf geantwortet, »die beißen wenigstens nicht.«

Als Glamur all die Leute sah, brannte ihm vor lauter Panik die Sicherung durch. Er machte einen Satz und riss Sigga die Leine aus der Hand. Glamur raste geradewegs auf Guffis Vater zu, der draußen im Garten stand, und biss ihm in die Pobacke. Dabei riss er einen großen Fetzen aus der Hose, und Blut tropfte auf die Wiese. Der arme Mann schrie auf, ein Polizist sprang auf den Hund zu und schlug ihm mit der Leine auf die Schnauze. Sigga entriss dem Polizisten den Hund und dampfte mit ihm ab zum Auto. Dann kam sie zurück und schwang eine lange Rede darüber, dass Glamur eigentlich ein unglaublich braver und lieber Hund sei.

Die Polizeibeamten meinten, dass Guffis Vater in die Notaufnahme müsse und boten an, ihn hinzufahren. Oma gab ihnen ein Handtuch, um die Wunde zu verbinden.

»Gott, bin ich froh, dass ich ihn nicht bringen muss«,

sagte Sigga. »Der hätte mir das ganze Auto zugesaut.« Sie blickte nach draußen zu ihrem Auto, aus dem kein Laut zu hören war. »Wie schön, dass sie dich gefunden haben, mein Engel«, fügte sie hinzu und küsste Vala.

»Er ist überhaupt kein bisschen alt und kraus«, sagte Vala verwundert und sah ihren Teddy an.

»Gott sei Dank haben wir dich ja gefunden, bevor es so weit kommen konnte«, sagte Opa vergnügt.

Dann holte er zwei weitere Kaffeekannen aus Omas Küche und alle halfen beim Kaffeekochen. Oma leerte eine große Dose mit Zimtschnecken und steckte sie in die Mikrowelle, die wahrhaftig ganz komisch ächzte, als Oma sie anstellte.

Nach und nach schrumpfte die Gruppe, die bei der Suche geholfen hatte. Oma und Opa bedankten sich bei allen, aber der Star des Tages war natürlich Vala, die im siebten Himmel schwebte. Hermann gehörte zu denen, die als Letzte gingen. Oma und Opa dankten ihm besonders, weil sie fanden, dass er die Rettung gewesen war.

»Eigentlich müsstet ihr euch bei meiner Brille bedanken«, sagte der mit einem breiten Grinsen.

Endlich erreichte Sigga auch Papa auf seinem Handy, der bald darauf blendend gelaunt eintraf.

»Ich hätte fast ein Hole-in-One geschafft«, sagte er. »Und wie geht's euch so?«

»Vala war weg«, sagte Tumi wütend. »Alle haben nach ihr gesucht. Wir haben versucht, dich zu erreichen, aber Sigga meinte, dass das nichts bringt. Weil du beim Golf warst.«

»Ich finde es unmöglich, dass man dich dort nicht erreichen kann«, sagte Sigga verärgert. »Was, wenn Glamur mal etwas zustößt?«

»Oder Guffis Vater«, ergänzte Vildis.

»Herrje, das ist ja wie schlechtes Theater«, sagte Oma. Sie stupste Papa in die Küche, schenkte ihm Kaffee ein und erzählte ihm haarklein die ganze Geschichte. Papa schämte sich gehörig, riss Vala aus Vildis' Armen und drückte sie an sich. Vala schlang ihre Arme um seinen Hals und küsste ihn auf die Wange.

»Meine Kleine«, sagte er und drückte sie noch fester.

»Küss auch meinen Teddy«, sagte Vala glückselig. »Der ist überhaupt nicht alt.«

»In der Zeitung habe ich gesehen, dass Lolla in den Bergen ist«, sagte Papa zu Oma und Opa.

»Ich begreife nicht, wie man auf so etwas Lust haben kann«, meinte Sigga. »Sich mit diesen Polizeiaffen anzulegen und so.«

»Polizisten sind keine Affen«, widersprach Tumi. »Die haben uns vorhin geholfen und dann sogar noch Guffis Vater für dich in die Notaufnahme gebracht.«

»Für mich?«, schrie Sigga. »Ich habe diesem Mann ja wohl nicht in den Hintern gebissen.«

»Stimmt, dein Hund hat das getan«, sagte Vildis.

Papa erschrak. »Wird man jetzt wegen des Allerwertesten eines Unbekannten auch noch in einen Schadensersatzfall reingezogen?«

Jetzt hatte Opa genug. »Lassen wir es gut sein, Björn. Sei mir nicht böse, aber hier muss langsam mal wieder Ruhe einkehren. Ihr seht euch sicher bald wieder.«

Tumi fühlte sich mit einem Mal auf eine Art und Weise unbehaglich, die ihm vollkommen neu war. Als wäre es ihm eigentlich schnuppe, ob er Papa und Sigga bald wiedersehen würde oder nicht. Früher wollte er Papa immer sehen, und noch lieber hätte er es gehabt, wenn Papa zu ihnen gezogen wäre und wieder auf dem Wallhof wohnen würde. Doch jetzt war er nicht sicher, ob das so gut wäre. Tumi konnte sich kaum daran erinnern, wie es war, als Papa noch bei ihnen wohnte.

Trotzdem musste es für Papa schlimm sein, sie nur hin und wieder zu sehen. Es kam vor, dass Tumi sogar Mitleid mit Papa hatte, wenn der sie wieder zum Wallhof brachte. Vor allem, wenn sie vorher bei ihm übernachtet hatten. Darüber hatte er auch schon mit Vildis gesprochen. Aber Vildis hatte nicht das geringste Mitleid mit Papa. Sie findet ihn nicht so besonders. Irgendwie.

Mama sagt immer, dass er ein toller Mensch sei – auch wenn die Geschwister mal nicht so gut auf ihn zu sprechen sind. Genau wie Oma und Opa. Manchmal glaubt Tumi, dass sie das bloß tun, damit sie ihren Vater richtig lieb haben. Alle Menschen sollen nämlich ihre Eltern richtig lieb haben. Das sagt immer der Pfarrer in der Sonntagsschule. Aber was weiß der schon? Vielleicht hat der ja gar keinen Vater.

Tja, und Papa – natürlich wird der nicht wieder zurück auf den Wallhof ziehen. Was sollte er auch mit Sigga machen? Und mit Glamur? Und eigentlich war ja alles ganz in Ordnung so.

Es hatte zu regnen begonnen, und aus der leichten Brise wurden scharfe Böen, die die höchsten Bäume im Garten durchschüttelten, die Ebereschen und die Espen. Opa schloss alle Fenster und die Tür zur Veranda, und Oma beschloss, Milchreis zu kochen. Mit ganz viel Zimt. Milchreis kochen konnte Oma besser als alle anderen Omas auf der Welt.

Und Opa fuhr mit den Kindern zur Videothek, wo sie sich einen Film aussuchen durften. Dann machten sie es sich alle zusammen auf Mamas altem Sofa gemütlich. Vala wurde genau in die Mitte zwischen Oma und Opa gesetzt, damit sie nicht wieder auf Wanderschaft gehen konnte.

Just vorm Abendessen kam Guffi vorbei. »Papa musste

mit sieben Stichen genäht werden«, sagte er. »Und außerdem hat er einen Gips um den Fuß bekommen. Er kann weder sitzen noch stehen. Deswegen hat er Mama angerufen. Er wollte, dass sie ihr Treffen absagt und nach Hause kommt. Und wisst ihr, was sie gesagt hat?« Er sah die anderen mit großen Augen an und verkündete: »Sie hat gesagt: ›Was kann ich denn schon tun? Soll ich dich vielleicht tragen?‹ Meine Mama ist schon witzig. Findet ihr nicht auch?«

Und ob. Das fanden Oma und Opa in der Tat. Und nachdem sie fertig gelacht hatte, lud Oma Guffi zum Essen ein.

Mama kommt nicht ins Gefängnis, sondern wutschnaubend zurück nach Hause

Es kam nicht oft vor, dass die Wallhofkinder am frühen Sonntagmorgen von Gepolter und Lärm im Haus geweckt wurden. Vildis schlich sich in Tumis Zimmer, der verwirrt in seinem Bett saß.

Sie sahen sich an und horchten auf die lauten Stimmen, die aus der Küche zu ihnen nach oben drangen und nach Streit klangen. »Ich höre Mama«, sagte Vildis plötzlich.

Und in der Tat war es Mama, die sich über irgendetwas aufregte. Mama, die sich eigentlich nie über etwas aufregte. Und irgendwelche Leute brabbelten durcheinander. Tumi und Vildis atmeten auf. Wenn Mama dabei war, konnte es nicht gefährlich sein. Sie beschlossen nachzusehen, was da eigentlich los war.

Als sie in die Küche kamen, war auch Opa schon auf den Beinen. Er hatte Vala auf dem Arm, aber keiner von beiden schien schon richtig wach zu sein.

»Diese Idioten von Polizisten«, sagte Mama. »Die sollten sich besser mal um Dinge kümmern, die den Menschen hier von Nutzen sind, anstatt die wenigen Leute zu schikanieren, die unsere Natur schützen wollen.«

Zwei Frauen, die eine fremde Sprache sprachen, schrien etwas und schlugen mit den Fäusten auf den Tisch. Ein grauhaariger Mann mit einem Ring im Ohr hing auf dem Tisch, als würde er schlafen.

»Warum seid ihr alle eigentlich so in Rage, mein Mädchen?«, fragte Opa.

»Die haben sechs von uns geschnappt und in den Knast gesteckt«, sagte Mama aufgebracht. »Diese Polizistentrottel. Solche Vollidioten.«

Die Kinder waren so verdattert darüber, wie Mama sich aufführte, dass keiner von ihnen zu ihr lief und sie begrüßte, wie sie es normalerweise getan hätten.

»Die sollte man einsperren«, regte Mama sich auf. »Diese Bullenidioten.«

Tumi räusperte sich. »Das sind keine Idioten. Sie helfen anderen Leuten«, sagte er und sah Mama ernst an.

»Ach«, sagte Mama wütend. »Clowns sind das.«

»Sie haben uns geholfen, Vala zu suchen«, sagte Tumi.

Mama verstummte augenblicklich. »Wa... was sagst du ... wen zu suchen?«, stieß sie schließlich hervor.

»Vala war verschwunden«, erklärte Vildis ruhig. »Alle haben nach ihr gesucht. Und dann ist sogar die Polizei hergekommen und auch der Rettungsdienst. Die waren toll.«

»Vala war verschwunden?«, wiederholte Mama, leichenblass vor Schreck.

»Ja, unter dem Bett«, sagte Vala und kicherte.

»Setz dich erst mal, Lolla, Liebes, dann erzähle ich die ganze Geschichte«, sagte Opa. Jetzt tauchte auch Oma auf, im Morgenmantel, ungekämmt und noch überhaupt nicht zurechtgemacht. Und Mama bekam alles über das Drunter und Drüber auf dem Wallhof zu hören, von der verschwundenen Vala bis zur Rückkehr von Guffis Vater aus der Notaufnahme.

Mama nahm Opa Vala ab und küsste und drückte sie und Vala schlang ihre Arme fest um Mamas Hals. »Ich war doch bloß mit meinem Teddy unter dem Bett, damit er grau und kraus wird. Ein bisschen alt«, murmelte Vala in Mamas Halsbeuge. »Wie der da.« Sie zeigte auf den schläfrigen Mann am Küchentisch.

Mamas Wut war wie weggeblasen. Die ausländischen Gäste verstanden nicht, was geschah, und rissen bloß verständnislos die Augen auf, als die gesamte Familie vom Wallhof auf einmal in lautes Lachen ausbrach, allen voran Vala.

»Ich hoffe, dass mir in Zukunft so eine Aufregung erspart bleibt, wenn man mir die Kinder anvertraut«, sagte Oma, blickte Mama aber zugleich ein wenig schuldbewusst an.

»Ach Mutter, jetzt mach dir keine Vorwürfe, nur weil dieses Mäuschen hier unter Betten krabbelt«, sagte Mama.

Nachdem Opa das gestrige Abenteuer auf dem Wallhof geschildert hatte, wurde nicht mehr über den Kampf gegen Umweltzerstörer gesprochen. Mama kochte Kaffee und suchte etwas Essbares für die Bergsteiger zusammen, während Opa den Gästen die Geschichte von Valas Verschwinden noch einmal auf Englisch erzählte. Und als sie alle dort saßen und aßen und tranken und alle Wogen geglättet waren, fiel Tumi auf, dass ein wichtiges Detail gar nicht zur Sprache gekommen war. Das musste schleunigst nachgeholt werden.

»Weißt du, wer Vala eigentlich gefunden hat?«, fragte er Mama.

»Ja, nein – weiß ich nicht. War das nicht die Polizei?«, fragte sie.

»Nee, eigentlich war das Hermann«, sagte Tumi mit Nachdruck.

»Welcher Hermann?«, fragte Mama.

»Der Hermann von der Bank, der Filialleiter«, sagte Tumi.

»Der Neue? Was hat der denn hier gemacht?« Mama begriff aber auch gar nichts.

Und schon bekam sie eine neue Geschichte zu hören, diesmal von Vildis, die von Hermanns Einkauf berichtete und davon, wie der Filialleiter sie auf die Idee gebracht hatte, unter Tumis Bett nachzugucken.

»Ich habe also jetzt eine richtige Verkaufsdame in der Werkstatt«, sagte Mama stolz. »Wie fleißig du bist, Vildis. Da muss ich mich bei dem Herrn wohl für die Hilfe bedanken. Ihr könntet ihm ja mal eine Kleinigkeit von mir vorbeibringen.«

»Das reicht nicht«, sagte Tumi bestimmt.

Vildis warf ihrem Bruder einen bösen Blick zu, sagte aber nichts.

Sie hatten sich noch nicht geeinigt, wie man Hermann am besten für seinen Beitrag bei der Suche nach Vala danken sollte, als ebendieser Hermann plötzlich mit seinen beiden Jungs in der Küche stand. Alle drei hatten ihre Jacken an und waren offenbar auf dem Weg zu einem Spaziergang.

»Die Tür war offen, und ich wollte nicht riskieren, dass jemand einen Herzanfall bekommt, wenn ich klingle«, sagte er und grinste.

»Du hast mich gefunden«, rief Vala und hopste zu ihm.

Auch Mama stand auf und ging auf ihn zu. Sie bedankte sich bei ihm, doch Hermann winkte ab. »Ich habe sie doch bloß wie ein Kätzchen unter dem Bett hervorgezogen«, sagte er freundlich. »Aber tatsächlich bin ich hergekommen, um diese junge Dame zu besuchen.« Er zog einen knuffigen kleinen Teddy aus seiner Jacke – einen Teddy, der komplett grau und komplett kraus war – und reichte ihn Vala.

»Damit du nicht noch mal auf die Idee kommst, dich wochenlang unter ein Bett zu legen, um einen grauen, krausen Teddy zu bekommen. Er gehörte Stefan, aber der braucht ihn nicht mehr«, fügte er hinzu und zeigte auf den ehemaligen Besitzer.

»Ach, echt?«, sagte Stefan, aber er lächelte dabei in Valas Richtung. »Und, wie ist es bei euch gelaufen?«, fragte er Mama.

Tumi rutschte das Herz in die Hose. Hoffentlich regt sie sich jetzt nicht wieder so auf, dachte er entsetzt. Das würde Hermann bestimmt nicht gefallen.

»Wir haben getan, was wir konnten«, sagte Mama und war die Ruhe in Person. »Zumindest haben wir dadurch mal ein bisschen Aufmerksamkeit bekommen.«

Kein Wort von Polizei oder verhafteten Demonstranten. Tumi fiel ein Stein vom Herzen.

Auch Vala wirkte jetzt richtig glücklich: »Vielleicht hab ich ja bald zwei alte Teddys«, sagte sie, während Mama sich an Hermann und seine beiden Söhne wandte: »Wollt ihr euch nicht auf einen kleinen Imbiss zu uns setzen?«, fragte sie.

Hermann schüttelte jedoch den Kopf. »Wir wollen eben noch zum Friedhof und das Grab ihrer Mutter ein bisschen in Ordnung bringen«, sagte er entschuldigend. »Heute hätte sie Geburtstag gehabt.«

Er sagte das, als wäre es das Natürlichste auf der Welt, und auch die Jungs verabschiedeten sich einfach nur mit einem kurzen »Tschüss«, bevor sie gingen.

»Findet er das denn gar nicht traurig?«, fragte Vildis verwundert und sah den dreien durchs Küchenfenster hinterher.

»Doch, schon, Vildis«, sagte Oma. »Das kannst du dir ja vorstellen. Aber für sie ist das der normale Alltag. Sie haben keine andere Wahl. Die Hauptsache ist nämlich nicht, was einem im Leben zustößt, sondern wie wir damit umgehen. Hermann ist ein wahrer Vernunftmensch.«

»Mehr als das«, sagte Tumi und fing sich dafür prompt einen bösen Blick von Vildis ein. »Er ist großartig.«

»Der Ärmste, seine Frau so jung zu verlieren, und dann auch noch mit kleinen Kindern«, sagte Oma.

»Dagurs Mutter war richtig froh, als ihr Mann gestorben ist«, sagte Tumi.

»Was redest du da für einen Unsinn, Kind«, meinte Oma kopfschüttelnd.

»Das stimmt. Dagur hat es mir erzählt«, sagte Tumi.

»So etwas habe ich noch nie gehört«, sagte Oma. »War denn dieser Dagur genauso froh, seinen Vater zu verlieren?«

»Nee, aber das war ja sowieso nicht sein Vater. Nur irgendein Esel, den seine Mutter geheiratet hatte. Wirklich!«

»Na, wenn das so ist«, sagte Oma. »So, Kinder, und jetzt stärkt euch mal ordentlich, nach all der Aufregung.«

Erst zu Besuch bei Gott, dann im Energiespargefährt nach Hause

»Jetzt beeilt euch«, sagte Mama. »Und denkt daran, immer auf dem Bürgersteig zu bleiben.«

Das Dreiergespann machte sich auf den Weg zur Sonntagsschule in der Kirche.

Dort gingen sie jeden Sonntagmorgen hin, wie die meisten Kinder aus der Straße. Der Pfarrer war ein lustiges Männchen, das ihnen Geschichten von Jesus und Gott und allem Möglichen erzählte. Dann sangen sie alle zusammen und bekamen Kakao – es war einfach nur schön. Sonntagmorgens gab es ohnehin sonst nichts Spannendes zu tun, weil Mama es nicht ertragen konnte, sich das Gezanke um das Fernsehprogramm anzuhören. Wenn sie wieder nach Hause kamen, war Mama immer frisch und munter, weil sie die ganze Zeit in der Badewanne gelegen und in Thymian und Leimkraut gebadet hatte.

Tumi, Vildis und Vala trotteten gerade heimwärts, als sie Manni aus der Nummer 19 mit einer Schubkarre voll Gras in seinem Garten antrafen.

»Na, so was, einen guten und gesegneten Tag wünsche ich«, sagte Manni und lächelte freundlich. Der Manni war ein richtig netter Kerl. »Wo lang des Weges?«

»Wir waren oben bei Gott«, sagte Vala.

»Ach, so ist das«, sagte Manni und lachte herzhaft. »Darf ich euch hereinbitten zu meiner Svana, die schwärmt auch immer so von Gott.«

Das ließen sich die Kinder nicht zweimal sagen. Für gewöhnlich war ein Besuch bei Svana mit Leckereien verbunden. Und auch diesmal hatten sich die Kinder kaum auf die Veranda gesetzt, als Svana schon mehrere Sorten köstlicher Brownies auf den Tisch stellte. Und Milch dazu.

»Wie war das eigentlich mit dir, mein Spatz«, sagte Manni und guckte Vala an. »Du warst verschwunden?«

»Ja, genau«, sagte Vala ernst. »Aber jetzt bin ich wieder gefunden.« Sie schob sich zufrieden ein Stück Kuchen in den Mund, das ihr bis an die Nase reichte. »Und der auch.« Sie hielt den Teddy hoch, den sie mitgenommen hatte zu Gott.

»Weißt du …«, sagte Manni, »du darfst dich nie so gut verstecken, dass alle eine Mordsangst um dich haben. Ich bin so froh, dass ich erst davon gehört habe, als du schon wieder aufgetaucht warst.«

»Ru-um?«, fragte Vala mit vollem Mund.

»Na, ich hätte solch eine Angst um dich gehabt.«

»Also hast du mich richtig doll lieb, Manni?«, fragte Vala.

Er fuhr sich über die Stirn. »Tja, ja, ein bisschen. Aber nicht so sehr wie meine Svana«, sagte er und strich Svana liebevoll über den Kopf.

Die Kinder und Svana lachten.

»Dann singe ich dir jetzt was vor, Manni«, sagte Vala.

»O Gott«, stöhnte Vildis. Das bedeutete garantiert mindestens zweimal *Komm, lieber Mai*, und zwar mit allen Strophen. »Dann sing doch *Backe, backe Kuchen*«, schlug sie deswegen schnell vor.

Vala ging auf den Vorschlag ihrer Schwester ein. Sie sang aus voller Kehle – so laut, dass einige Nachbarn aus ihren Häusern kamen, um nachzusehen, was da bei Svana und Manni vor sich ging.

Vala bekam nicht nur viel Applaus, sondern half auch

selbst dem Teddy beim Klatschen. Und als sie sah, wie gut Manni das gefallen hatte, fiel ihr noch etwas anderes ein, was ihn noch mehr freuen würde.

»Soll ich noch was für dich machen, Manni?«, fragte sie. »Soll ich bis hundert zählen?«

Tumi verkrampfte sich auf seinem Stuhl und guckte verzweifelt zu Manni und Svana.

»Ja, das wäre auch nicht übel«, sagte Manni.

»Nehmt noch Kuchen«, sagte Svana. »Etwas Besseres könnt ihr solange sowieso nicht tun.«

Zu Hause musste sich Opa immer etwas einfallen lassen, wenn Vala zu zählen anfing. Und Tumi wusste, dass auch Svana nicht annähernd so große Lust hatte wie Manni, Vala bis hundert zählen zu hören.

Aber Vala zählte schon los. Svana musste kurz anderswo etwas erledigen, Manni jedoch steckte sich eine Pfeife an und hörte interessiert zu, während Tumi dem Rauch hinterherschaute, der sich still in den blauen Sommerhimmel kringelte – auf dem Weg hinauf zu Gott.

Vala kam erfolgreich bei der Hundert an, obwohl Vildis einige Male helfen musste. Diese Zählerei ging ihr unwahrscheinlich auf die Nerven, doch wenn es schon sein musste, dann sollte es wenigstens richtig sein.

»Du bist verdammt ausdauernd«, sagte Manni und klopfte seine Pfeife aus.

»Soll ich noch mal?«, fragte Vala vergnügt.

»Möchtest du dir nicht mal meine Puppen ansehen?«, schlug Svana vor, die während der Neunziger wieder dazugestoßen war.

»Au ja!«, rief Vala begeistert und verschwand mit Svana im Haus. Die anderen atmeten auf.

»Erzählt mal, ihr Lieben, wie war es denn so in der Sonntagsschule?«, fragte Manni. »War es schön?«

»Ich find's ganz gut da«, sagte Tumi. »In der Kirche sind alle irgendwie so ruhig und still, selbst die ganz wilden Jungs, die sonst immer nur herumzanken und sich dauernd prügeln wollen.«

»Na, in Gottes Haus werden sie ja wohl nicht aufeinander losgehen«, sagte Manni.

Vildis räusperte sich. Dann hustete sie ein bisschen und räusperte sich noch einmal.

»Was ist los?«, fragte Manni und klopfte ihr auf die Schulter.

»Ja … also … glaubst du an Gott, Manni?«, fragte sie und heftete ihren Blick auf den Boden, als hätte sie dort etwas Außergewöhnliches entdeckt.

Manni fing an, seine Pfeife neu zu stopfen. Er dachte so lange nach, dass Vildis schon glaubte, er wolle nie antworten. Aber vielleicht war er auch nur wie der Opa aus dem Norden. Als der einmal auf dem Wallhof zu Besuch war, hatte er immer wahnsinnig lange nachgedacht, bevor er auf eine Frage antwortete. Mama meinte, dass er vor jeder Antwort in Gedanken erst zu sich nach Hause in den Norden reisen müsse, um dort nachzudenken. Doch schließlich sagte Manni: »Gesehen habe ich Gott noch nie, Vildis, aber trotzdem kann er da sein. Es gibt so viele Dinge, über die wir kaum etwas wissen.«

»Die Astronauten haben ihn noch nie gesehen«, sagte Tumi. »Und auch nicht Jesus. Das finde ich merkwürdig. Obwohl sie doch so weit nach oben fliegen.«

»Vielleicht liegt Gottes Reich noch höher«, sagte Manni und entzündete die Pfeife mit einem kräftigen Puster.

»Es müssten ja auch schon ganz schön viele Menschen da oben sein«, sagte Vildis.

»Fragt das demnächst mal euren Pfarrer, wenn ihr zur Sonntagsschule geht«, sagte Manni. »Ich bin so alt und weiß so wenig.«

Svana und Vala kamen zurück und Vala setzte sich auf Mannis Knie.

»Würdest du mich bitte nach Hause fahren?«, sagte Vala und setzte ihr Engelsgesicht auf, während sie Manni anblinzelte. »Ich bin so schrecklich müde.«

Svana lachte. »Das müsste ich mal lernen, den Guten so geschickt hereinzulegen.«

»Na ja, du hast mich so lieb gebeten, da lasse ich das

mal durchgehen«, sagte Manni. »Aber zuerst muss ich das Gefährt ausleeren.«

Das Gefährt war nämlich Mannis Schubkarre. Vala fand nichts lustiger, als sich von Manni in der Schubkarre über den Bürgersteig schieben zu lassen.

»Ich möchte nie ein Auto haben, wenn ich groß bin«, sagte sie oft. »Nur eine Schubkarre. Und einen Mann zum Schieben.«

Manni kippte das Gras aus der Schubkarre auf den Komposthaufen und wischte sie mit einem Tuch aus, damit sich die Passagierin nicht schmutzig machte.

»Jetzt bin ich eine Prinzessin«, sagte Vala glücklich und drückte den Teddy an sich.

Dann machte sich auch Valas Gefolge auf den Heimweg. Svana stand auf der Veranda und sah ihnen lächelnd hinterher.

Am Törchen von Nummer 11 standen drei Jungs, die mit großem Eifer rosa und blaue Kaugummiblasen produzierten. Als sie Manni und die Kinder sahen, fingen sie an zu schreien und zu brüllen.

»Gestörte, Gestörte«, riefen sie. »Na, haben die Bullen eure Mutter geschnappt? Die muss ja auch ständig gegen alles aufmucken!«

»Das sind die wildesten Jungs der ganzen Schule«, er-

klärte Vildis dem verdutzten Manni. »Die wollen immer nur streiten.«

»Die müssten mal zur Sonntagsschule gehen«, sagte Manni.

»Das tun sie ja«, schimpfte Tumi. »Dort sind sie auch ganz ruhig. Aber wenn sie rausgehen, werden sie wieder richtige Blödmänner.«

»Die haben wohl ein Problem, die Ärmsten«, sagte Manni.

»Dann müssen wir nett zu ihnen sein«, sagte die Prinzessin in der Schubkarre.

»Da hast du recht, Valalein. Ganz und gar recht.«

Daraufhin winkte die Prinzessin ihnen aus der Schubkarre zu – genau so, wie richtige Prinzessinnen im Ausland aus ihren goldenen Kutschen winken.

Als das Gespann auf dem Wallhof eintraf, wurde es von Mama freudig in Empfang genommen. Manni bekam einen Kuss auf die Wange. »Du bist der Beste«, sagte sie.

»Und du duftest wie Leimkraut im Frühling«, sagte Manni und nahm sie bei den Schultern.

»Sie tut ja auch immer Leimkraut und Thymian ins Badewasser«, sagte Vildis.

»Das muss ich unbedingt Svana vorschlagen«, sagte Manni, als er sich mit der leeren Schubkarre auf den Heimweg machte, zurück zu seiner Svana.

Ein Sommer voller Überraschungen

In diesem Sommer bekamen die Kinder vom Wallhof nicht so viel Besuch, denn die meisten ihrer Freunde waren irgendwo unterwegs – einige mit der Familie im Urlaub, andere bei allen möglichen Kursen hier und dort. Mama sagte, dass all diese Sport- und Freizeitkurse überteuert seien, und sie fand, dass Kinder sich auch mal allein unterhalten und sich selbst eine spannende Beschäftigung suchen müssten. Und außerdem sei es auch nicht schlimm, wenn sie sich mal langweilten. Es war schon etwas dran, wenn die Leute sagten, dass Lolla ziemlich speziell sei.

Und dann fiel das ins Wasser, worauf die Kinder sich am meisten gefreut hatten: die Reise mit Papa in den Norden. Opa wurde nämlich krank und lag in Akranes im Krankenhaus. Dort hatten sie ihn auch schon zweimal besucht, zuerst mit Papa, dann mit Mama, aber das waren nur kurze Ausflüge gewesen, keine richtige Reise. Und ihren Opa so krank zu sehen, war auch nicht gerade schön, sondern ziemlich traurig.

Zum Glück hatten sie zu Hause auf dem Wallhof gute Spielkameraden: Oma und den anderen Opa. Den beiden fiel immer etwas ein. Unermüdlich werkelten sie im Garten herum oder zogen besonders schöne Pflanzen, die sie hier und dort in der freien Wildbahn fanden und von denen sie Ableger mitbrachten. Sie bauten auch jede Menge Gemüse an: Kohl und Steckrüben und Radieschen. Sogar Erdbeeren und Salat gab es, und die Kinder waren ganz versessen darauf, beim Gärtnern zu helfen.

Am meisten Spaß machte es Tumi und Vildis, Opa zu helfen, ein kleines Gewächshaus aus Glas zu bauen – für die Tomaten- und Gurkenpflänzchen, die Oma gesetzt hatte. Damit waren sie mehrere Tage beschäftigt.

Oft spielten sie auch in der großen Höhle Vater-Mutter-Kind, mit Vala als Kind. Aus Steinen und Moos vom Lavafeld hatten sie ein Sofa und Sitze gebaut, Mama hatte ihnen allerhand Schälchen und Becher gegeben, die ihr irgendwie missraten waren, und auch von Oma hatten sie so einiges bekommen: Tischdecken, eine Blumenvase, eine Kaffeekanne und dies und das zum Ausschmücken. Zum Beispiel ein verrücktes Bild von einem Mann und einer Frau, die sich auf einer rosa Matte küssten, und darüber ein splitternackter Engel, der das Ganze beglotzte.

Natürlich zankten sie sich manchmal, Tumi und Vildis. Einmal sogar so heftig, dass Tumi fuchsteufelswild wurde und Vildis schlug. Schuld daran war selbstverständlich das Bild mit dem Pärchen auf der Matte, das Tumi abgrundtief hässlich fand und das seiner Meinung nach in einem so gemütlichen Zuhause nichts zu suchen hatte. Beide plärrten los, und als Vala Opa holte, sagte der nur: »So müssen Ehen sein. Ich sollte nach Hause gehen und eure Oma verhauen. Sie hatte das Bild jahrelang an der Wand.« Das plärrende Ehepaar konnte nicht anders, als loszuprusten, und wie immer lachte Vala am lautesten.

Nach diesem Zwischenfall klappte das Zusammenleben besser, zumal auch das Wetter in der zweiten Hälfte des Sommers besser wurde. So vergingen die Tage meist friedlich und ruhig.

Bis zu einem Tag spät im August.

Tumi war für Mama auf dem Weg zum Supermarkt, als er mit dem Fuß gegen irgendein Ding auf der Straße stieß. Und als er sah, was das war, wurde ihm ganz anders. Ein Portemonnaie! Nicht mehr und nicht weniger. Als er es öffnete, kam ein ganzer Stapel Scheine zum Vorschein. Er schielte in alle Richtungen, um nachzusehen, ob ihn jemand beobachtet haben könnte, doch es war niemand in der Nähe. Und dann hatte er eine Idee. Endlich konnte er wieder zu Hermann in die Bank gehen.

Tumi hatte sich schon den ganzen Sommer den Kopf darüber zerbrochen, wie er das anstellen könnte. Er hatte es mit Flaschensammeln versucht, doch entweder trank niemand mehr im Viertel Cola oder alle anderen sammelten plötzlich auch fleißig Flaschen. Zumindest waren weit und breit keine Flaschen zu sehen. Mama freute sich natürlich, das zu hören. Und als Tumi erzählte, dass er in ihrer Straße bloß eine einzige zerplatzte Limoflasche gefunden hatte, und zwar vor dem Haus von Guffi, kicherte sie nur: »Hoffentlich hat sich der Hausherr nicht daraufgesetzt.« Dabei ging es seinem Hintern inzwischen längst besser. Das sagte zumindest Guffi.

Tumi beschloss, niemandem etwas von dem Portemonnaie zu erzählen. Das war die Chance, Hermann zu besuchen, denn Tumi war immer noch fest entschlossen, Hermann mit Mama zu verheiraten. Es war ja auch verständlich, dass Mama keine Lust hatte, sich selbst auf die Suche nach einem Mann zu machen.

Er versteckte das Portemonnaie unter seiner Bettdecke. Zum Geldzählen würde er erst am Abend Gelegenheit haben, allein in seinem Zimmer. Er konnte es kaum erwarten. Und morgen würde er zu Hermann gehen.

In der Nacht träumte er, mit einem Haufen Geld in die Bank zu kommen und dort niemanden anzutreffen außer Gudbrandur, der sich auf das Geld warf und trotz Tumis Bemühungen nicht mehr von der Stelle rührte.

Und endlich hat Tumi etwas in der Bank zu erledigen

»Was bist du heute blass, mein Lieber«, sagte Mama am Frühstückstisch und musterte Tumi. »Bist du etwa krank?«

»Nee, kein bisschen«, sagte Tumi und versuchte, munter auszusehen. Er fühlte sich in der Tat nicht ganz wohl in seiner Haut. Nachdem er das Geld mehrfach durchgezählt hatte, hatte er kaum einschlafen können. Vierundzwanzigtausendfünfhundertdreiundvierzig Kronen! Tumi war nicht sicher, was er von einer so riesigen Summe halten sollte. Im Grunde hatte er keinen blassen Schimmer, was irgendjemand mit so viel Geld anfangen konnte. Aber Hauptsache, er konnte damit zu Hermann gehen, und außerdem warf man Geld nicht einfach so weg. Selbst wenn man zu viel davon hat.

Mama gegenüber behauptete Tumi, dass er zum Fußball wolle. Auch bei dieser Schwindelei war Tumi nicht ganz wohl zumute und so machte sich an jenem schönen Morgen ein recht bedröppelter Kunde auf den Weg zur Bank.

Doch als sich Tumis Lunge mit frischer Luft füllte, die nach dem Regen am Tag zuvor noch reiner war als sonst, ging es ihm gleich besser. Er musste nur vorsichtig radeln, um in den tiefen Pfützen nicht auszurutschen.

An jenem Morgen hatten offenbar nicht viele Menschen Bankgeschäfte zu erledigen, daher bekam Tumi sofort die Erlaubnis, mit Hermann zu sprechen. Dieses dumme Ding am Schalter, das wie mit einem Kleinkind zu ihm sprach und so tat, als wäre es urkomisch, ihn in der Bank zu sehen, verärgerte ihn ungemein. Blöde Kuh.

»Na, grüß dich«, sagte Hermann, als Tumi in sein Büro marschierte. Er schien sich zu freuen, Tumi zu sehen.

»Hallo«, sagte Tumi und machte zum ersten Mal an diesem Morgen den Rücken richtig gerade. »Ich möchte was einzahlen. Geld, meine ich. Vierundzwanzigtausendfünfhundertdreiundvierzig Kronen. Auf mein Sparbuch.«

Es dauerte nicht lange, bis Hermann die Sparbuchnummer im Computer gefunden hatte. »Ich helfe dir, das Formular auszufüllen«, sagte er. »Mensch, was bist du reich. Hast du im Lotto gewonnen?«

»Nein«, sagte Tumi und zog das Portemonnaie aus dem Hosenbund. Seine Hosentasche war nicht groß genug, um ein richtiges Erwachsenenportemonnaie darin verstauen zu können. Als er das Geld herausnahm, achtete er darauf, es unter der Tischkante zu halten.

Aus irgendeinem Grund wollte er nicht, dass Hermann es sehen konnte. Er war sich nicht ganz sicher, ob es in Ordnung war, was er da tat. Doch das spielte eigentlich keine so große Rolle. Hauptsache, er lernte Hermann besser kennen. Wegen Mama.

Aber Hermann hatte seine Augen anscheinend überall. Er lehnte sich weit über den Tisch. »Tumi«, sagte er. »Bist du so lieb, mir zu sagen, was du da hast?«

Tumi bekam schwitzige Hände und rieb sie an den Hosenbeinen ab. Er zögerte kurz, dann hielt er Hermann das Portemonnaie hin. »I…ich hab's gefunden«, sagte er.

Hermann nahm das Portemonnaie und sah es durch. Zuerst nahm er das Geld heraus, dann öffnete er alle Fächer und besah sich verschiedene Karten und Fotos. »Komm und setz dich zu mir«, sagte er, stand auf und nahm auf einem Sofa in der Ecke des Büros Platz.

»Ich muss wohl kaum fragen«, sagte Hermann, nachdem Tumi sich zu ihm gesetzt hatte, »aber deine Mutter weiß sicher nichts davon, oder?«

»Nein«, stöhnte Tumi. »Niemand weiß davon.«

»Aber du weißt schon ganz genau, Tumi – klug wie du bist –, dass nichts aus diesem Portemonnaie dir gehört und du es zurückgeben musst. Wolltest du das Geld wirklich auf dein Sparbuch einzahlen? Du weißt, dass das nicht rechtens ist. Im Grunde ist es dasselbe, wie Geld zu stehlen.«

Tumi spürte, wie ihm das Blut in die Wangen schoss. Plötzlich begriff er, was für eine Dummheit er begangen hatte. Aber jetzt war ohnehin alles verloren. Hermann hielt ihn bestimmt für einen Dieb. Und wer will schon jemanden heiraten, der einen Dieb zum Sohn hat? Tumi musste Hermann einfach die Wahrheit sagen.

»Ich wollte dich doch nur unbedingt sehen«, sagte er.

»Mich? Warum denn?«, fragte der erstaunte Hermann.

»Ich wünsche mir so, dass du Mama heiratest«, sagte Tumi und sah Hermann flehend an. Der ging zu seinem Schreibtisch und griff nach dem Telefon.

»Bist du so gut und bringst uns Cola und was zu knabbern?«, sagte er in den Hörer. Dann setzte er sich wieder zu Tumi.

Er wartete, bis der junge Mann, der die Cola brachte, wieder weg war.

»Glaubst du, dass deine Mutter mich heiraten möchte?«

»Ich habe sie noch nicht gefragt«, sagte Tumi.

»Und warum willst du unbedingt, dass sie jemanden heiratet?«

»Damit sie nicht immer so allein ist. Ich meine, abends und so. Dann kann sie mit jemandem spazieren gehen oder ins Kino. Vielleicht, wenn Vala eingeschlafen ist. Mama mag es nicht, allein ins Kino zu gehen.«

Tumi ging es sofort besser. Es war gut, die Wahrheit zu sagen. Das sagte Mama immer. Und Oma und Opa sagten das auch.

Sie tranken die Cola und aßen das Konfekt, das der junge Mann gebracht hatte.

»Du bist wirklich ein toller Junge«, sagte Hermann. »Meine Burschen machen sich keine Sorgen, dass es mir abends langweilig werden könnte. Die hauen einfach ab und lassen sich erst wieder blicken, wenn ich schon längst schlafe. Dabei finde ich es auch nicht so toll, allein ins Kino zu gehen. Aber lassen wir das. Wir sollten überlegen, was jetzt zu tun ist. Ich schlage vor, wir gehen zur Polizei, ich komme mit dir, und dann geben wir das Portemonnaie ab. Es gibt bestimmt einen Finderlohn, und dann kommst du einfach noch mal in die Bank und wir sprechen über die Hochzeit deiner Mutter.« Jetzt endlich gestattete er sich ein verhaltenes Lachen.

Es war nicht übel, in Hermanns Jeep zu sitzen. Mit so einem schicken Auto war Tumi noch nie gefahren. »Da würde sogar Vala ihre Meinung ändern und lieber einen Jeep haben wollen statt einer Schubkarre«, sagte Tumi. Daraufhin musste er Hermann natürlich von Valas Schubkarrenfahrten erzählen und Hermann schien sich prächtig zu amüsieren. »Ihr seid alle so lustig auf dem Wallhof«, behauptete er. »Das mit der Hochzeit lasse ich mir noch mal durch den Kopf gehen. Aber ich bezweifle, dass jemand meine pubertären Bengel lustig findet. Ich bin mit Sicherheit das einzige lebende Wesen, das sie im Moment aushält. Meine einzige Hoffnung ist, dass sich das mit der Zeit noch legt.«

Der Polizist, der das Portemonnaie entgegennahm, war richtig nett. Viel netter als die Cops im Fernsehen. Im Gegensatz zu denen rauchte er auch nicht. Und er schrie niemanden an.

Hermann erklärte, dass er Tumi angeboten habe, ihn herzufahren, da er oben auf dem Wallhof wohne.

»Dann überrascht mich deine Ehrlichkeit nicht. Du bist der Enkel von Jonathan, nicht wahr?«

»Ja«, sagte Tumi jetzt stolz. »Und von Oma.«

Der Polizist schmunzelte. »Ja, das habe ich mir schon fast gedacht.«

Wem das Portemonnaie gehörte, war leicht zu erkennen – es stand auf den Karten. Der Polizist rief den Besitzer sofort an, und der bekundete seine Freude so lautstark, dass der Polizist den Hörer vom Ohr weghalten musste.

»Ein kleines Kerlchen hat das Portemonnaie gerade abgegeben«, erklärte der Polizist. Der Mann am Telefon antwortete etwas und der Polizist wiederholte:

»Finderlohn? Ja, selbstverständlich. Fünftausend? Sagtest du fünftausend? Wunderbar. Er wird sich freuen. Du kommst dann her und holst es ab. Tschüss, bis gleich.«

Als sie wieder im Auto saßen, startete Hermann nicht sofort. Er guckte Tumi an, der auf dem Beifahrersitz saß, und drückte ihm den Fünftausender in die feuchte Hand. »Nun, Tumi, die ganze Sache ist doch ganz gut ausgegangen. Dieses Geld gehört dir, du hast dem Mann sehr geholfen«, sagte er. »Denn neben dem Geld, das weg ist, kostet es auch Unmengen, all die Karten neu zu beschaffen. Aber so sind alle zufrieden.«

»Ich weiß«, sagte Tumi. »Genau das habe ich auch gerade gedacht. Danke, dass du mir geholfen hast.«

»Und so hast du auch gleich wieder etwas in der Bank zu erledigen«, sagte Hermann mit einem verschwörerischen Grinsen. »Dann können wir uns weiter über Heiratspläne unterhalten. Aber tu mir einen Gefallen: Sprich mit niemandem darüber. Das bleibt am besten ganz unter uns beiden.«

Hermann kutschierte den glücklichen Krösus zurück auf den Wallhof, und Mama, die gerade ein Segeltuch aus der Werkstatt über die Wäscheleine hängte, winkte ihnen zu.

»Du hast eine tüchtige Mutter«, sagte Hermann noch, bevor er wieder vom Hofplatz brauste.

Tumi wusste nicht, ob Männer generell auf Frauen fliegen, die tüchtig sind. Er hatte immer gedacht, dass sie lieber hübsche Frauen wollen. Aber vielleicht stimmte das auch nicht. Und dann wurde ihm klar, dass das überhaupt keine Rolle spielte. Mama war nämlich beides: tüchtig und hübsch. Die Sache war also bombensicher. Zufrieden rannte Tumi – den Fünftausender durch die Luft wedelnd – auf die werdende Braut zu.

Alle sind sich einig:
So sollte das Leben sein

Es war herbstlich geworden auf dem Wallhof. Die Äste der Ebereschen bogen sich unter der Last der feuerroten Beeren, die unzählige Vögel eifrig in sich hineinstopften. Die Mispel im Garten zeigte sich jeden Tag in einer anderen Farbe und Mama sammelte Eimer voller Blüten und Zweige für den Weihnachtsschmuck. Oma und Opa arbeiteten wieder in der Schule und bald würde auch für die Kinder der Unterricht wieder beginnen. Wie gesagt: Alles war, wie es sein sollte.

Das Einzige, was Tumi bedrückte, war, dass zwischen Mama und Hermann nichts Bemerkenswertes geschehen war. Tumi war zwar mit der Hälfte des Geldes zur Bank gegangen, doch Hermann war auf einer Sitzung und konnte nicht mit ihm sprechen. Die andere Hälfte hatte Tumi Vildis gegeben – immerhin hatte sie ihn nicht verpetzt und niemandem von der Sache mit Hermann und Mama erzählt. Es war nur gerecht, sie dafür zu belohnen, und Vildis freute sich natürlich sehr. Tumi war schon ein lieber Bruder, fand sie.

Was Hermann und Mama anging, war Tumi jedoch vollkommen ratlos. Sie trafen sich einfach nie. Er hatte alle Hoffnung verloren, dass daraus noch etwas werden könnte. Vildis glaubte ja sowieso nicht daran. »Mama braucht keinen Mann, wie oft soll ich das noch sagen«, erklärte sie immer wieder. Aber dann dachte sie wohl doch etwas mehr über Hermann und Mama und Tumi nach. Denn eines Abends, als Tumi wieder einmal ganz geknickt war, sagte sie vorsichtig:

»Weißt du, was ich glaube? Ich glaube, dass du einen Vater brauchst.«

Tumi zuckte zusammen. »Das klingt ja, als hätte ich keinen«, sagte er empört. »Ich finde Papa super.«

»Schon, aber er geht öfter mit Glamur zum Pinkeln und Häufchenmachen raus als mit uns spazieren. So ist das halt.«

Manchmal war Tumi baff, was Vildis sich so alles dachte.

Es stimmte schon, was sie da gesagt hatte. Und vielleicht hätte Tumi wirklich nichts gegen Hermann als Zusatzpapa einzuwenden.

Es war schon eine ganze Weile her, seit Tumi Hermann zuletzt gesehen hatte. Aber dann kam es plötzlich doch noch dazu. Eines Sonntagmorgens, als die drei auf dem Heimweg von der Sonntagsschule waren – Vala mit beiden Teddys im Arm in Mannis Schubkarre, Manni klitschnass geschwitzt vom Schieben und Tumi und Vildis rechts und links davon –, da kamen Hermann und seine Söhne aus einem der Häuser.

»Darf ich mal schieben?«, fragte Stefan, einer der beiden Jungs.

»Klar, ich danke dir«, sagte Manni erleichtert.

Doch Stefan fuhr nicht so gemütlich wie Manni. Er rannte los und preschte mit Vala die Straße rauf und runter. »Du bist dran, Jakob«, sagte er zu seinem Bruder. »Das ist die reinste Sklavenarbeit.« Vala fand das ausgesprochen lustig.

Tumi, Vildis und Manni hingegen gingen in aller Ruhe mit Hermann die Straße entlang.

»War deine Tante mit den Perlenketten von Mama zufrieden?«, fragte Vildis schüchtern.

»Und wie. Die waren der Hit«, sagte Hermann. »Ach,

hör mal, da fällt mir ein, dass ich einer anderen Tante auch so eine Kette versprochen habe. Ist deine Mama zu Hause?«

»Ja, klar«, beeilte sich Tumi zu sagen. »Ganz sicher. Sie liegt immer in der Badewanne, wenn wir zur Kirche gehen. Wenn wir zurückkommen, gibt es was zu essen. Wollt ihr nicht mitkommen und auch was essen?«

»Cool«, sagte Jakob, und damit war die Sache geritzt.

Als sie zu Hause ankamen, war Mama offensichtlich schon längst der Wanne entstiegen, denn ihre erboste Stimme war im ganzen Haus zu hören. Vildis eilte den anderen voran in die Küche, wo Mama in der Tat mit Oma am Küchentisch saß und sich über das Anzeigenblatt beugte.

»Die Stadt will ein Hochhaus auf das Wallhof-Grundstück bauen lassen«, las sie voller Empörung, und es klang fast so, als würde sie auf einer Kundgebung sprechen. »Sind die denn verrückt? *Den Eigentümern des Wallhofs könnte das Millionen einbringen«*, las sie weiter. »Wie durchgeknallt sind die denn?!«

»So, jetzt beruhig dich mal«, sagte Oma. »Das ist doch bloß Geschwätz. Dieses Land gehört uns und hier baut niemand Betonluftschlösser. Wie sehr die das auch wollen und egal, was uns geboten wird.«

Opa nahm ihr die Zeitung aus der Hand. Doch sogar er,

der sonst so selten die Stimme hob, regte sich nun ebenfalls auf: »In dieser Stadtverwaltung hat ganz offensichtlich jemand den Verstand verloren«, knurrte er wütend.

Erst jetzt entdeckte Mama Hermann und die Jungs, die inzwischen ebenfalls in die Küche gekommen waren.

»Ach, hallo! Bitte setzt euch und entschuldigt, dass ich so laut war. Und übrigens … danke, dass du Tumi mit dem Portemonnaie geholfen hast«, sagte sie dann zu Hermann. »Du entwickelst dich zum Mädchen für alles in unserem Hause. Findest Kinder und kümmerst dich um gefundenes Geld.«

Hermann musste lachen.

»Euer Zuhause ist so schön bunt«, sagte er. »Hier ist immer etwas los. Und fantastische Kinder hast du. Das da ist ein ganz Besonderer«, sagte er und zeigte auf Tumi. Der strahlte und war außerdem froh, dass Mama nicht mehr herumschrie. Das hätte Hermann bestimmt nicht so gut gefunden.

»Eigentlich bin ich hier, weil ich versprochen habe, noch so eine Kette wie kürzlich zu besorgen«, erklärte Hermann nun auch Mama. »Sie ist auf dem Geburtstag meiner Tante richtig gut angekommen.«

Mama bat Vildis, ein paar Ketten aus der Werkstatt zu holen, während sie und Oma ein Büfett aus Brot und Käse und Wurst und allen möglichen Marmeladen herbeizauberten. Alle aßen nach Herzenslust, nicht zuletzt die Brüder Stefan und Jakob.

»Warum gibt's so was nie bei uns, Papa?«, fragte Stefan.

Das fand Tumi nicht gerade nett. »Weil er keine Frau hat«, rutschte es ihm heraus.

Hermann lächelte ihm zu, dann fragte er, was denn da in der Zeitung stand.

»Nicht zu fassen, was für ein Gefasel ist denn das?!«, sagte er, nachdem Mama ihm alles erzählt hatte. »Hat denn niemand mit euch darüber gesprochen?«

»Keine Menschenseele. Und du hast völlig recht: Das ist alles Unsinn«, sagte Opa. »Dieses Land und der Hof gehören uns. Das nimmt uns niemand weg. Ich habe es mir zur Regel gemacht, dass uns niemand ärmer verlässt, als er gekommen ist, aber ich lasse mir nichts unrechtmäßig wegnehmen.«

Wieder warf Tumi Hermann einen Blick zu. Er musste an das Portemonnaie denken.

Hermann wusste, woran Tumi dachte. Er sah ihn direkt an und sagte: »Da sind Tumi und ich ganz deiner Meinung.«

»Mich verlässt jedermann ärmer«, sagte Mama und lachte.

»Blödsinn. Die Leute gehen und sind um etwas Schönes reicher, mein Mädchen«, sagte Opa.

»Und wie!«, meinte Hermann und suchte eine Kette für die andere Tante aus.

»Ich denke, ihr könnt da ganz gelassen sein«, sagte er. »Es würde einen Aufstand in der Stadt geben, sobald da jemand ernsthafte Absichten hegte. Das wäre nicht nur für euch ein Verlust, sondern für uns alle. Der Wallhof muss einfach so bleiben, wie er ist.«

Dann können Hermann und Mama ja vielleicht zusammen demonstrieren, wenn sie nicht ins Kino gehen, dachte Tumi und schöpfte ein klein wenig Hoffnung.

Hermann gab Mama das Geld für die Kette und die drei verabschiedeten sich.

»Gott, was Jungs so alles verdrücken können«, sagte Vildis.

»Nur die Ruhe, meine kleine Sparbüchse«, sagte Mama und lachte. »Sie haben mehr als genug dafür bezahlt.«

An diesem Tag machten sie einen kleinen Ausflug zum Beerensammeln. Weit mussten sie nicht gehen. Die Lava war über und über mit Beerensträuchern bewachsen. Oma passte unterdessen auf Vala auf, »damit sie nicht wieder verschwindet«, wie sie sagte.

»Alle beide verschwinden gerne mal«, meinte Opa gelassen. »Eure Oma ist auf den Kanaren in ein falsches Boot gestiegen. Um ein Haar wäre sie in Afrika gelandet.«

Müde und glücklich kamen sie nach Hause, mit Dosen und Eimern voller Beeren. Opa hatte ausschließlich Blaubeeren gesammelt. »Krähenbeeren sind was für Vögel«, sagte er.

Nach dem Abendessen saßen Mama und die Kinder noch eine Weile draußen auf der Veranda, tranken heißen Kakao und erzählten. Vala war längst eingeschlafen. Kein Lüftchen regte sich, und es duftete immer noch ein wenig nach sommerschwerem Grün, das bald abfallen und den Winter über ruhen würde.

Mama hatte Kerzen angezündet und Wollpullis und den Kakao für die Kinder geholt. Der Vogelgesang in den Bäumen war verstummt, Herbst und Winter standen bevor, die Schule und der Schnee und all die schönen Dinge, die damit verbunden waren. Und warme, gemütliche Abende auf dem Wallhof mit Mama, Oma und Opa. Und vielleicht auch Hermann. Manchmal.

Das Ehepaar aus der Nummer 21 ging vorbei und winkte. »Wir halten zusammen«, riefen sie. Mama und die Geschwister winkten zurück.

»Bleiben wir auch ganz sicher immer auf dem Wallhof wohnen?«, fragte Tumi, und seine Stimme zitterte dabei.

»Natürlich«, versicherte ihm Mama. »So lange ihr wollt. Wir stehen nicht zum Verkauf. Die Stadt kann ihre Millionen behalten.«

»Wir brauchen keine Millionen«, sagte Vildis.

»Zumindest nicht allzu viele«, sagte Tumi.

»Seht mal«, sagte Mama plötzlich. »Es ist Vollmond.« Sie schauten in den Himmel, und es sah so aus, als würde ihnen der Mann im Mond zulächeln. Hoch am westlichen Himmel strahlte die Venus, hell und schön.

»Alles ist an seinem Platz«, sagte Mama und lachte leise. »Und so wird es auch bleiben.«

Quellennachweis

Astrid Lindgren: *Ronja Räubertochter.*

Deutsch von Anna-Liese Kornitzky,

Verlag Friedrich Oetinger GmbH, Hamburg 1982, S. 5.